Roces del destino

Para realizar pedidos de este libro, contacte con:
Palibrio
1663 Liberty Drive, Suite 200
Bloomington, IN 47403
Gratis desde EE. UU. al 877.407.5847
Gratis desde México al 01.800.288.2243
Gratis desde España al 900.866.949
Desde otro país al +1.812.671.9757
Fax: 01.812.355.1576
ventas@palibrio.com
783244

Agradecimientos a

Juanita Cartagena, por tu creer en mí.
Maritza López por tu apoyo incondicional.
Randy Rene Cartagena por tu admiración.
A Mrs. Katherine Robinson por tomar
tiempo de tu agitada agenda y coloborar
conmigo en esta nueva historia.

La lluvia bañaba la Isla. Eran apenas las cinco y media de la tarde. Mair recién llegaba de su exhaustivo trabajo. Era enfermera en un Centro Médico en el área metropolitana de Puerto Rico. Hacía más de quince años que ejercía su labor en ese centro de salud. Amaba su profesión, le gustaba, le fascinaba trabajar con pacientes de diferentes edades. No tenía predilección, lo mismo trabajaba con niños, jóvenes o con ancianos. Su vocación de hacer el bien y cuidar a los pacientes era innata. Tenía la gran virtud de poder hacerlos sentir bien, y en muchos casos llegar ellos a sentir sanidad, aun en los casos donde el paciente sabía que tal vez no había muchas esperanzas de vida para ellos. Su carisma, su sonrisa y su forma de hablar les llenaba sus rostros de alegría. Su luz propia los envolvía en un remanso de paz. Ella por su parte, aunque amaba su trabajo, muchas veces llegaba exhausta, agotada, tanto física como mental. Era mucho el dolor del cual ella era testigo. Era tanto sufrimiento el que se llevaba a su casa. Era tanta la angustia y la agonía del no saber si hubiese un mañana para esos pacientes amados por ella y con enfermedades terminales. Era un no saber si al otro día encontraría una cama vacía o un cuerpo inerte, del paciente aquel que mientras ella entregaba su guardia, a la enfermera de turno le decía; "Buenas noches Mair, nos veremos mañana," y esa mañana nunca llegaría para él.

Continua la lluvia mientras tanto ella sigue allí dentro del auto, mirando el vaivén del parabrisas. Se pierde en el sonido de la lluvia y el parabrisas. Reclina su cabeza hacia atrás del asiento, mientras que aprieta el volante por un instante. Unos segundos después lo va soltando como acariciándolo suavemente. Desliza sus manos alrededor. Un suspiro sale de lo más profundo de su ser. Sin dejar de observar la lluvia continúa deslizando sus manos hacia donde está el radio del auto. A tientas enciende él radio. Sigue la lluvia, las gotas continúan golpeando en el cristal del auto. La música comienza y Mair cae en un embriague de música, lluvia y el ruido del parabrisas. Se fundió en sus recuerdos.

Mair nació en Salinas, en uno de los tan hermosos pueblos que tiene la isla caribeña, Puerto Rico. Un Pueblo costero, con un hermoso muelle, donde en las mañanas los pescadores que salían a pescar trataban de esquivar los candentes rayos del sol. Siempre se escuchaba a uno decir "Ese rubio esta que quema." Alla en la Isla Le llamaban "el rubio" al sol, por sus rayos dorados. No había quien mirara hacia arriba, el sol no se dejaba mirar, solo te dejaba sentir su candor en tu cara y en tu piel. Un resplandor que sentías que te quemaba. Los caminantes buscaban cobijarse, dejándose llevar a la sombra de un flamante árbol o en la solera del frente de alguna casa o negocio.

En las tardes cuando el sol ya iba de retirada, para darle paso a la luna embelesaba a los habitantes. Las noches eran frescas. Los vecinos se agrupaban, para tomar café en casa del vecino y conversar un rato de lo que había pasado durante el día. Allí también estaban los traviesos novios que usaban cualquier excusa para verse. El muelle era el sitio de reunión, donde la luna chocaba en el rostro de la novia y el novio, por instinto besaba los labios de la amada. Alla en lo alto se encontraba la luna hermosa, altiva, sabiéndose admirada por todos y celosa de ser remplazada por la belleza de la novia.

Mair no era la excepción; ella disfrutaba tanto el día como la noche. Se gozaba tanto el sol como las caminatas bajo de la luna. Con frecuencia recordaba su niñez y su adolescencia frente al muelle. Le encantaba ver regresar a los pescadores, con las vasijas llenas de pescado, reír gozosos de saber que esa noche de cena habría pescado fresco. Muchos eran negociantes de pescado. Eran recuerdos hermosos para Mair. Su padre era uno de esos pescadores, y ella lo esperaba con ansias para ayudarle con la carga.

A sus quince años, de regreso a casa después de un día escolar, salía corriendo a encontrarse con el mar, mojar sus pies. Corría por la playa, gozaba de la libertad de correr con sus pies descalzos. Jugaba con sus hermanos a los piratas. Soltaba sus cabellos, para que el viento jugara con ellos. Cuando se sentía extenuada de tanto correr y juguetear, se tiraba en la tibia arena. Cerraba los ojos y jugaba con su imaginación. Muchas veces, su madre le vociferaba a lo lejos "Mair, sal de esa arena caliente, que te puedes enfermar." Ella no escullaba, su mente viajaba a extraños lugares. Imaginaba lugares nunca vistos, imaginaba como seria la luna por dentro, imaginaba como seria su futura vida, su vejez…Imaginaba el amor.

Se volvía a escuchar la voz de la madre decir, "Mair mi'ja sal de esa arena caliente, ¿No vas a alcanzar a papa hoy?" Entonces Mair esa segunda vez escuchaba la voz de su madre; se levantaba rápidamente sacudiendo la arena de su falda, poniéndose los zapatos casi por impulso, pues su padre llegaría al muelle en unos minutos, y ella no se hubiese perdonado el no ir a alcanzarlo. Se alistaba y corría mientras levantaba la mano diciendo "Ya voy mama, ya voy, mi papa sabe que nunca lo dejare esperándome, ¡ya va!" Corría hacia dentro de la casa a buscar el cacharro de agua fresca con el que lo recibiría. Y salía a la velocidad del viento a esperar a su padre. Llegaba agitada al muelle, los chicos no le quitaban la mirada de encima. Recordaba que su padre le había prohibido llegar corriendo a buscarlo. Su padre la cuidaba demasiado y no quería que por su causa tuviera una caída mientras corría a buscarlo. Cuando casi llegaba al muelle entonces bajaba un poco la velocidad de sus pies y caminaba más lento y más marcado. Su bien contoneado cuerpo y su caminar delicado, llamaba la atención de todos. Ella los ignoraba, parecía que ni siquiera se daba cuenta de la atención que provocaba. Su mente, su pensamiento estaba en su padre, que llegaría cansado, su piel tostada por el sol, con sed, una sed seca amarga, sudado con la frente salada. Esos eran los recuerdos de Mair. Esa fue su vida en Salinas, su niñez, su adolescencia. Su tiempo de vivir casi al aire libre, sin temores ni preocupaciones. Ya todo aquello había acabado, ya todo aquello quedaba en su pasado, en su añoranza llena de nostalgia. En aquel tiempo vivía... ahora solo existía.

Hacía muchos años que Mair había dejado Salinas. Sus padres la habían enviado a vivir con su tía Urbina. Su tía vivía en una casa inmensa donde estaba sola, y sentía la necesidad de la compañía de algún familiar de confianza. Cuando Mair iba a empezar sus estudios universitarios la tía Urbina le pidió a su padre que la enviara a estudiar a San Juan la capital de Puerto Rico, que era donde viva ella. Según la tía allá había más oportunidad de estudiar una carrera universitaria. Al principio su padre no lo vio con muy buenos ojos, pero al ver el entusiasmo de Mair por estudiar, cedió ante la petición de la señora Urbina, su hermana menor. Mair quería mucho a su tía, no le fue difícil adaptarse a su compañía y a su nuevo hogar. Allá hiso nuevas amistades, entre ellas estaba Sarita, una tímida chica con quien solía intercambiar información de estudios en la biblioteca. Era en el único lugar donde compartían, pues Sarita a diferencia de Mair, apenas salía de su casa. Mas Mair aprovechaba que su tía Urbina le permitía hacer cosas que sus padres no la hubiesen permitido.

Desde que Mair se mudó a la ciudad tenía la libertad de salir al cine, salir a bailar con sus amigas, iba al museo, al parque y otros lugares. Gozaba de todas las libertades que cualquier chica de su edad quería. Le gustaba hablar con su tía, de todo lo que era la vida. Le preguntaba cosas que a nadie se hubiese atrevido a preguntar. La señora Urbina, no se había casado, pero era más que sabido que tuvo sus amores. Era alegre, le gustaba la música clásica, gustaba disfrutar de una buena cena en un buen restaurante, acompañada de un buen vino. No tomaba cerveza decía que eso era para borrachos empedernidos y ella no lo era. Constantemente alegaba que ella era una bebedora fina. Le gustaba llevar a Mair con ella. Se la presentaba orgullosamente a todas sus amistades.

chica sufriese por estar tu en juegos amorosos como un Don Juan."

"No, papa te juro que jamás le haría daño a Mair."

La madre le dio una mirada de asombro. Nunca lo había oído hablar así de ninguna chica.

Frank llego temprano a buscar a Mair, para la fiesta de cumpleaños. Mair estaba hermosamente vestida. Su muy acondicionado pelo riso, despedía un olor a frescura. Llevaba un vestido rojo, que le permitía lucir su hermosa figura. Una cartera que combinaba con sus zapatos. Su tía que aún conservaba un buen gusto para vestir a pesar de su edad, le ayudo a escoger lo que luciría esa noche. Se veía extremadamente sensual, radiante y juvenil. Sentía una inexplicable felicidad. Más bien era un sentimiento interno, sin aparente razón. Como siempre con toda la confianza que le tenía a su tía le comento;

"No se tía, pero hoy siento una felicidad dentro de mí que no le encuentro explicación."

La señora Urbina le miro de arriba abajo, comentando en su peculiar forma de hablar "Tal vez te vas a encontrar con el amor, y ojo eh, que aún no me convenzo de que sea Frank."

Frank por su parte quedo boquiabierto al mirarla bajar las escaleras del barcón. El la esperaba frente a la casa. Después de unos minutos de quedarse sin palabras solo exclamo:

"¡Diablos, pero que bella estas!"

"Venus en todo su esplendor y belleza."

Mair le agradeció el cumplido y coquetamente con una sonrisa en los labios al mismo tiempo le daba un beso en la mejilla y rápido entro al auto en el cual ya él le esperaba con la puerta abierta. El la miraba como nunca y no dejaba de dejárselo saber por todo el camino. Ella le pidió si se podía detener en el centro, quería obsequiar a su madre con un arreglo floral. Frank le había comentado cuanto le fascinaban las flores y lo feliz que se ponía cada vez que alguien le obsequiaba un arreglo. Se detuvieron, ella le dijo que, si era de su gusto, podía esperar en el auto. Él le dijo que por nada del mundo la dejaría sola. Como de costumbre Frank se adelantó unos pasos para abrir la puerta del lugar.

Mair, estaba maravillada al ver la variedad de flores disponibles. Quedo enamorada del lugar, por un momento olvido que llevaba prisa, pues ya la esperaban en la casa de Frank. No sabía por cual decidirse, se entretuvo tanto mirando las flores que estaban en los mostradores, que por un momento Frank la perdió de vista. Estaba allí, embelesada mirando arreglos florales que jamás había visto en su vida. De repente siente unos pasos detrás de ella, los ignoró completamente, las flores habían capturado toda su atención. Dio unos pasos hacia atrás, como para observarlas mejor, sintió un roce, un roce masculino. Dentro de su embeleso pensó que era Frank que estaba a sus espaldas. Al sentir el toque de quien pensó era Frank, un escalofrió corrió por su cuerpo y una sensación de que había estado alguna vez allí, la invadió repentinamente. Quedo tan perturbada con la sensación que acababa de tener que solo reacciono al oír la voz que se disculpaba

"Excúseme señorita."

Era una voz, masculina, pero pudo reconocer que no era la de Frank. De un salto, miro hacia atrás. No le dio tiempo a contestar, el caballero ya se retiraba. Le quería decir que perdonara su torpeza pues había sido ella la que se había tropezado con él por culpa de su distracción. No le pudo ver su cara, pero su olor quedo impregnado en el lugar. Era tal su aroma que se sintió embriagada y se sintió a gusto, tanto que hubiese querido detenerse allí.

"Que fragancia más suave y exquisita." pensó
Cerrando los ojos continúo disfrutando del aroma que
destilaba aquel joven. Abrió sus ojos rápidamente, y camino
a buscar a Frank que ya venía hacia ella, con un arreglo floral
diciendo.
"Las rosas amarillas son sus favoritas, ¿Vamos?" Ella solo
pregunto, "¿Acaso, me pagaste el regalo de tu madre?"
El replico "Sera nuestro secreto."
"No es justo."
Dijo ella con aspecto de desacuerdo.
Él sonrió, tomándola de la mano.

La madre de Frank los recibió con mucha alegría. Les
daba la bienvenida.
"Oh, Mair que gusto conocerte, pensé que ya no vendrías."
"Nunca me lo hubiese perdonado."
Exclamo Mair.
Frank estaba visiblemente emocionado al ver la bonita
conexión que recién había nacido entre su madre y Mair. Él
lo había planeado todo, siempre había pensado que el día que
por fin eligiera esposa, tendría que tener la aprobación de su
madre, primeramente. Él y Mair solo continuaban teniendo
una estrecha amistad. Su madre le dio un beso en la mejilla.
Les invito a que se acercaran a los demás invitados. Los
presentaba con una marcada emoción. En un momento que
Mair se entretuvo con los invitados le susurró al oído,
"Muy buena y bonita elección."
El la miro a los ojos diciendo.
"He estado estudiándola por mucho tiempo, y creo que
no me equivoque, es una muchacha educada, cariñosa y creo
que un buen partido de mujer."
Su padre se le acerco,
"Entonces Frank, ¿Para cuándo se casan?"
Frank sonrió diciendo
"Suave, papa suave, déjame conquistar a la novia primero."

los labios. La brisa fría de la noche invitaba a dejarse abrasar y acariciar.

La exquisita cena en las tardes frente al mar, el buen vino y el ambiente que se respiraba, los iba compenetrando cada día más. Frank estuvo de acuerdo en escoger diferente camarote, pero esta noche se sentía algo especial en el aire. Algo que envolvió a Mair en un sentimiento ambiguo, perturbador y casi hechicero. Habían terminado de Cenar, fueron a escuchar un poco de música suave. Ella le miro a sus ojos, lo encontró atractivo, varonil. Le miro su boca, se sintió sedienta de un beso. Él le tomo la mano, ella sintió que se le erizaba la piel. Por primera vez en su vida, sintió deseos de descubrir el amor. El solo le miro, se moría por besarla, pero mantuvo la calma. Ya había varias veces que lo había intentado, pero Mair, le rehusaba.

Eran las once de la noche cuando subieron hacia los camarotes. Frank la acompaño al de ella, estaban frente a la puerta cuando ella le invito

"Pasa, oigamos un poco de música.

Y si deseas podemos ordenar una botella de champagne."

Frank la miro con malicia varonil, se veía hermosa y radiante. Sus senos bien firmes, y agitados por la respiración de ella. Pareciese que la noche se había puesto de acuerdo con Frank, Mair se sentía romántica, deseada y excitada. Ella sabía los deseos que despertaba en Frank. Ya dentro del camarote Frank tomo el teléfono, ordeno el champagne y ella fue a poner la música.

Se miraron a los ojos, se estaban deseando. Frank le tomo la mano, como invitándola a bailar. La música era suave y sensual. Sus cuerpos pegados al bailar no lo podían resistir más, se deseaban, se comían con la mirada. Tocan en la puerta era el camarero con el champagne.

Mair sonrió y pensó,

"Que me pasa hoy con Frank, tal parece que estoy fuera de control."

Frank despidió al mozo, le dio una ligera mirada, la noto un tanto sonrojada. Ignoro lo que vio y puso la botella en la mesa. Camino hacia donde estaba sonando la música, esta vez fue el que eligió la música que escucharían. Puso un poco jazz, sonaba suave y sereno. Levanto la botella de la mesa, las copas y sirvió el champán. Ella no le busco la mirada. El la invito a tomar asiento, brindaron, en la tomo por la barbilla

"¿Estas bien?"

"Si estoy muy bien, ha sido una hermosa noche, ¿No crees?"

"Sí, creo que ha sido una noche muy especial, te he visto feliz, deslumbrante y eso me enloquece, ¿Bailamos otra vez?"

Ella no contesto estaba como embrujada, solo se levantó y esta vez sí le miro a los ojos. Él se levantó rápidamente, le tomo de la cintura, bailaban al compás del jazz. Ella recostó su cabeza de su pecho, él no podía pronunciar más palabras. La cercanía de su cuerpo lo estaba enloqueciendo.

No había nada que confesar, todo está más que dicho, él estaba enamorado de ella. Y ahora estaba allí con ella en sus brazos, ardiendo de deseos y ella se dejó llevar. El la besaba y ella le respondía, se convirtieron en uno solo. Ella estaba jadeante de deseo. Sería su primera vez, mas no tenía miedo. Quería sentir lo que era sentirse amada por un hombre. Estaba segura de lo que hacía. Frank le abrasaba fuertemente mientras besaba sus labios, el temblaba de ganas de poseerla. Le susurraba al oído que la amaba. Le aseguraba las tantas noches, que soñaba con ese momento en que la hiciera suya. La cargo en sus brazos hasta la cama. Beso su cuello, la miraba a los ojos mientras sentía la tibieza de su piel. Ella podía sentir el corazón de Frank como latía. Se sintió amada, quería

Fue así como Mair y Frank después de tener una gran amistad, terminaron casados. Todo iba muy bien, se querían. De su unión nacieron dos niños, Samuel y Natalia. Aunque estaban concentrados en su vida profesional, Mair nunca dejaba de pasar parte del tiempo con los niños. Natalia era muy estudiosa, le gustaba ir a la biblioteca lo cual Mair aprovechaba para leer algún libro interesante. Frank siempre estaba ocupado. Samuel le gustaba la pintura, no era muy talentoso académicamente, pero le gustaba dibujar. Mair al ver su fascinación por el dibujo lo inscribió en un taller de dibujo y pintura. Desde pequeño llamaba la atención de los demás compañeros y su maestra al ver sus pequeñas obras de arte. Le gustaba jugar con los pinceles. Para él era como dirigir una banda de música. En las tardes lo llevaba a jugar pelota.

Cuando aún tenía doce años, se encontraban en el parque, Mair jugaba con él. Frank fue ausentándose cada día más de la vida y de las actividades de Samuel y Natalia. Mair trataba lo más posible por llenar las necesidades de los niños. Quería de todas formas que sus hijos no sintieran tanto la ausencia de Frank. Eran a penas las siete de la mañana, Samuel quería ir a practicar con la pelota. Mair le decía que era muy temprano. Él le decía que quería estar preparado para su próximo juego. Samuel era el cátcher en su equipo de pelota. Por su insistencia y la buena intención de que Samuel brillara en su próximo juego; se puso un pantalón deportivo una gorra y salieron al más cercano parque de la vecindad. Por ratos Mair le hacía de lanzadora y otras le hacía de cátcher. Entre juego y risas ya se sentían los rayos del sol. Prometía un caluroso día, con un sol brillante. Como de costumbre había más personas corriendo alrededor del parque. En un momento en que Mair no pudo detener la pelota, uno de los corredores, corío hacia a la bola al mismo tiempo que ella.

Al mismo tiempo de ella inclinarse a recoger la pelota vio una mano que se extendía entregándole la pelota, sintió una sensación extraña. Sintió una corriente que corrió por su cuerpo. El toque le dio la sensación de que había sentido ese roce anteriormente. Sintió una de esas sensaciones de haber vivido ese evento alguna vez. Se sintió aturdida, miro hacia arriba como buscando la cara del caballero, que le tocaba su mano. Los rayos del sol chocaron en su cara, no pudo ver con claridad quien era. El hombre se alejaba trotando y ella solo pudo ver su varonil espalda, su varonil olor corporal le llego a lo más íntimo de su ser. Mair quedo perturbada, muy confundida. Sentía que había sentido esa sensación anteriormente. Mair sintió ganas de volver estar cerca de ese desconocido, olerlo, sentirlo, conocerlo. Solo pudo notar que llevaba una vieja cicatriz en la espalda. Quería llamar su atención solo se le ocurrió, alzar el tono de su voz y decir
"¡Muchas Gracias!"
El hombre solo levanto su mano, sin mirar atrás.

Su vida de casada siguió su curso. Sus hijos cada día la necesitaban menos. Frank estaba cada día más ocupado. Ella también se enfocó más en su trabajo para así no sentir las frecuentes ausencias de Frank. Hasta había aceptado un trabajo a medio tiempo, como traductora para una compañía norteamericana. Natalia su hija mayor empezaba su carrera universitaria. Su hijo Samuel aún no se decidía, por una carrera especifica. Su pasión seguía siendo el arte. Mair aun seguía trabajando como enfermera en el centro médico. Las excusas de Frank para ausentarse de la casa eran más frecuentes cada día. Pasaba días fuera de la casa, por causa de su trabajo. Viajaba fuera y dentro de la isla.

El poco tiempo que pasaba en la casa, se mantenía distante. Pasaba horas en su oficina de casa. Trataba de evadir la presencia de Mair. Ella notaba algo extraño en él. Mair no quería hostigarlo con preguntas que ya había preguntado y siempre recibía la misma respuesta. Como la ves que le tomo de las manos y le preguntaba;

"Frank, tenemos que hablar, creo que te está pasando algo y no sé lo que es."

Él le repetía que todo estaba bien, que eran cosas suyas. Cuando llegaba a la casa, pasaba más tiempo hablando con sus hijos. A ella le daba un simple beso en la mejilla, le preguntaba cómo le estaba yendo con las traducciones y el trabajo y ahí terminaba todo. Natalia y Samuel, ya se habían dado cuenta de que había un cambio en la relación de sus padres. En muchas ocasiones se miraban uno al otro, como preguntándose qué pasaba. Solo una vez se le acercaron a Mair,

"¿Madre, que le pasa a papa?" Samuel fue el más valiente para preguntarle

"Lo vemos distraído, cambiado." Añadió Natalia al ver que su hermano se animo a preguntar.

Mair trataba de buscar cualquier excusa para disculparlo. Por nada del mundo quería empañar la imagen de su esposo.

Sin apenas darse cuenta Mair y Frank ya tenían veinte años de casados. Llevaban un estilo de vida económicamente cómodo. Frente a la sociedad llenaban todos los requisitos de la familia perfecta. Debido a sus profesiones se podían dar el lujo que tal vez otras personas no hubieran podido. Ambos eran muy profesionales, casa propia y autos últimos modelo. Mas Mair se sentía mucho más sola, ya no le interesaba ir de vacaciones, pues ya los hijos ya tenían otros intereses. Salían con sus amigos a distinto lugares, para divertirse ya no necesitaban de mama. Samuel que siempre fue más apegado a ella, le llamaba constantemente, le invitaba a salir de vez en cuando, pero nada extraordinario. Frank las frecuentes veces que viajaba, lo hacía solo, pues el aseguraba que eran viajes de trabajo. Para ese tiempo ya se habían mudado al centro de la Isla. Bajo las ya constantes quejas de Frank, decidieron mudarse fuera de la ciudad. Un buen día, después de un agotador día de trabajo; Frank le comento a Mair su deseo de mudarse de la ciudad. Estaba cansado del área metropolitana, donde se sentía el bullicio de la gente, y los ruidos cotidianos de la ciudad. Llegaba malhumorado, Mair lo noto intranquilo, como el que quiere huir.

"Estoy cansado ya de la ciudad, la gente, los ruidos, ya estoy agotado, quisiera que nos mudásemos para un a lugar más tranquilo."

Mair no salía de su asombro; el a diferencia de ella, había nacido en la ciudad y le gustaba vivir en ella, muy por el contrario, muchas veces se burlaba de ella llamándole "jibara." Cosa que a ella no le molestaba, más bien se enorgullecía de sus raíces, de su campo, del sembradío de caña en el lugar donde nació, del mar, ese mar que la vio nacer. Donde en las noches todo era sereno, callado, tranquilo, solo se escuchaba el repicar de los coquíes y el vaivén de las olas, a la orilla del mar. Más bien siempre supo que lo hacía en forma de broma, jamás se sintió ofendida.

Habían transcurrido dos meses, después que él le había comentado su deseo de mudarse. Y un día Mair escucho el ruido del auto cuando Frank regresaba de su trabajo. Se oyó cuando tiro la puerta del auto y entro diciendo:

"Mair, ¿Qué opinas de comprar esa casa que tú siempre has anhelado? ¿Tal vez, en un lugar frente al mar?"

Mair, cuando lo miro lo noto resaltado, no le contesto solo pregunto,

"¿Te pasa algo, Frank? ¿Algún problema en el trabajo?" Él le tomo las manos, titubeo un poco, pero logro contestarle un tanto nervioso:

"¿Porque preguntas?, ¿Es que acaso no puedo complacer a mi esposa?"

Continúo titubeando

"Para nuestro próximo aniversario estaremos viviendo en nuestro nuevo hogar; ese será mi regalo, para la esposa más hermosa del mundo."

La lleno de besos y caricias. Ella quedo un poco perturbada. Hacía tiempo que no lo veía tan contento y animado. Se dejó contagiar de la alegría, correspondió a sus besos y volvieron hacer el amor, como hacía tiempo no lo hacían.

Tal y como lo había prometido, para su próximo aniversario Frank y Mair, estaban estrenando su nueva casa. Era una casa hermosa, de un gusto acogedor. No era para menos, seleccionada por un experto en bienes raíces, no podía haber mejor elección. Además de eso Frank solía tener un buen gusto en todo lo que le obsequiaba. Mair pensaba que siempre acertaba a la hora comprar algún regalo para ella. Mair quedo maravillada, enamorada, el día que él la invito a ver la propiedad y ver el área adyacente.

Ya ella le había advertido que si se mudaban de la ciudad tendría que ser un lugar muy especial; no quería una casa inmensa, no quería una casa fría. Mas que si tuviera todas las comodidades necesarias, pero no precisamente lujosa. Quería que cada vez que ella y Frank abrieran la puerta de su hogar, pudieran sentir la calidez de un hogar limpio, fresco y amplias ventanas para disfrutar de la luz del día. Tranquilo para disfrutar de las noches sin el bullicio de la ciudad. Pero al mismo tiempo no tan lejos de ella pues trabajaban en la ciudad. Tenía que estar localizada en un lugar donde hubiera árboles frondosos, con hermosos paisajes y todo sería perfecto si estuviera su amigo de infancia, "El mar." Frank la conocía muy bien y sobre todo sobre su fascinación por el mar. Sabía muy bien que Mair no pondría resistencia de mudarse cuando viera la casa y lo que a sus alrededores había.

La casa estaba localizada en un lugar donde se podía palpar la naturaleza, cerca del mar, rodeado de bellas palmeras, a lo lejos la bahía y se veía cada vez que llegaban los barcos de distintos lugares.

A solo minutos de allí, se encontraba un rio de aguas cristalinas, en su centro había una cascada que invitaba a acariciar su cuerpo en ella. El sonido del agua en la cascada susurraba en sus oídos. Mair, le dijo a Frank

"La casa está muy hermosa, es amplia, cómoda no le falta nada."

Mair no necesariamente lo decía por la casa, pues, aunque era verdad que la casa no le faltaba nada, allí podía revivir sus memorias.

"Es nuestra, esta será nuestro nuevo hogar."

Exclamo ella palpablemente emocionada.

Natalia se había graduado de la escuela superior y decidió irse tomar sus estudios universitarios fuera del país. Samuel prefirió quedarse en el área donde nació, el área Metropolitana. Le gustaba el bullicio de la gente, le gustaba viajar en el trasporte público, relacionarse con diferentes personas, no le importaba de que nivel social. Su pasión por el arte no la había abandonado. En sus planes futuros estaba poner una galería. Mair viajaba a la ciudad a visitar a la tía Urbina, era con quien más pasaba el tiempo. En uno de esos días que fue a visitar a la tía, llego triste. La señora Urbina, le invito a tomar un café fuera de la casa. Fueron como siempre a un lugar muy acogedor. Mair seguía callada, pensativa. La señora Urbina no pudo esperar a que sirvieran el café para preguntarle:

"No eres Feliz ¿Verdad?"

Mair no pudo contener las lágrimas. La señora Urbina saco un pañuelo de su cartera y se lo puso en su mano, mientras continuaba interrogándola.

"Es por Frank, ¿Verdad?"

Mair no pudo contestar, solo acertó con la cabeza. El llanto le invadió. La señora Urbina con toda la naturalidad que le caracterizaba, sin titubeos le hizo una pregunta que hiso que Mair reaccionara,

"Entonces, ¿Qué esperas para divorciarte?"

"¡Tía! ¿Qué cosas dices? Tenemos veinte tres años de casados."

La tía solo contesto

"Lo que tú no quieres escuchar hija".

Sin pausa prosiguió,

"Veinte tres años no son nada, si no hay felicidad y es más que obvio que tú no lo eres.

Entonces que vas a esperar a hacerte vieja sin haber sabido lo es el verdadero amor." continúa diciéndole

"Las apariencias solo te llevan a la infelicidad, vive sin pensar en más nadie que no sea en ti."

"Ay tía, a veces hasta me asusta platicar contigo."

"¿Porque, mi amor? Porque me he convertido en tu conciencia." Preguntó riendo.

Mair no le quedó otro remedio más que sonreír entre medio de sus lágrimas mientras la tía repicaba su dicho favorito, "Estos jóvenes no nos escuchan a nosotros los viejos, a la experiencia."

La tía Urbina era toda su confianza, platicar con ella era como hablar consigo misma. En cierto punto tenía razón la tía al decir que se había convertido en su propia conciencia. Muchas veces le decía cosas que ya ella había pensado, y que ella rehusaba aceptar. Como en el caso de Frank y ella. Mair sabía que algo se estaba aproximando. Conocía muy bien a Frank, sabía sus gustos y sus debilidades. Sabía muy bien que la actitud que había tomado Frank en esos últimos meses era una señal de peligro. Más ella no quería un fracaso en su vida. Descartaba la idea de un divorcio, pensaba en sus hijos, en como lo tomarían, que reacción tuviesen frente a su padre si algún día volviese el a sus andanzas de pica flor y por esa razón tuviese que haber una inminente separación. Hasta qué punto les afectaría; ambos jóvenes le preocupaban, pero especialmente a Samuel, que era tan volátil.

Mair, estaba sentada en su silla de playa con los ojos cerrados a orillas del mar. Su mente solo se concentraba en el ruido de las olas que de vez en cuando acariciaban sus oídos con los chasquidos que hacían al llegar a la orilla, casi a sus pies. El olor del mar le embriagaba. Cuando casi se enterraba en sus pensamientos, escucho una voz, que le hablaba a su espalda:

"Mair, ¿Estás ahí?"

Era su esposo, Frank. Ella abrió rápidamente los ojos y miro hacia atrás, noto que él se le acercaba, volvió a cerrar sus ojos esperando por él. Cuando ya estaba a una corta distancia de ella lo mira, con sus achinados ojos. Mair era una mujer alta, de piel acanelada, un cabello rizado que bailoteaba con el viento, unas piernas muy bien formadas, un cuerpo naturalmente de revista. A sus cuarenta y cinco años era una mujer hermosa, no le hacía falta hacer uso del bisturís como ya todo su corto círculo de amigas lo había hecho. Él le dio un frio beso en la mejilla.

"Estaba seguro de que estarías aquí, es tu lugar favorito."

Mair, continua callada; él le cogió su mano, como invitándola a levantarse de la silla. Ella por el contrario rehusó levantarse, más bien casi en suplica le dice,

"Porque no mejor me acompañas un rato.

Hace tiempo que no pasamos un tiempo juntos." Continúo diciendo.

Él recogió la toalla que Mair tenía encima de la silla de playa y se la puso en su espalda e insistió en que regresaran a la casa. De regreso a la casa, Mair le deja saber que la cena estaba lista:

"¿Vas a tomar un baño, antes de cenar?"

El contesto,

"No, tomare una ducha y volveré a salir, me esperan en la oficina."

Mair solo le devolvió una mirada y contesto con tono sarcástico,

"Creo que deberías mudarte a la oficina."

Él sonrió, mientras comentaba

"Son gajes de oficio mujer, gajes de oficio."

y camino hacia el cuarto de baño.

Mair espero que el saliera del baño, lo esperaba con una copa de vino servida.

"Frank, creo que llego el tiempo de que hablemos."

El la miro y cabizbajo le pregunto,

"¿De qué quieres que hablemos? ¿Hay algún problema con nuestros hijos?"

Mair se le quedo viendo, ya lo había pensado demasiado. Le daba vueltas la cabeza al pensar cómo iba a empezar a platicar con su esposo Frank. Le invito a tomar asiento al lado de ella:

"Frank, por si acaso no te has dado cuenta, nuestras vidas, no se limitan a nuestros hijos."

El tomo un sorbo de la copa, mientras ella continúo hablando

"Ya tú y yo no conversamos como antes, vives la vida evitándome, es como si nos hubiésemos perdido en la misma casa."

Él recogió la copa de Mair y se la puso en sus manos. Las manos de Mair estaban temblorosas, presentía que Frank le iba a confesar algo. No se equivocaba, hace mucho tiempo que Frank mantenía un secreto. De los ojos de Mair salió una lagrima, la que el limpio delicadamente. La miro fijamente, como la primera vez que le confeso su amor por ella.

Sintió su aun piel lozana, le acaricio y murmuro, "Aun estas hermosa."

Mair le quito su mano de su rostro. Su primera lágrima se convirtió en llanto. No entendía la actitud que hacía tanto tiempo estaba soportando de parte de Frank. Todos esos años había aguantado la indiferencia de Frank, más que todo por sus hijos. Ella nunca hecho del todo al olvido la debilidad por el sexo opuesto de Frank. El al ver la tristeza que le invadía, solo pronuncio una palabra:

"Perdóname,"

La angustia se apoderaba más y más de Mair. Ese "perdóname" que salió de labios de Frank solo podía ser por una sola cosa...Otra mujer.

Mair no titubeo en preguntárselo. Respiro profundo y tomándole la mano pregunto,

"¿Acaso existe otra persona en tu vida Frank?"

La cara de Frank tomo otro matiz, entristeció. No podía seguir ocultándolo más. Mair era una mujer muy inteligente, y ya se lo había leído en su rostro. Titubeo un poco, tenía un nudo en la garganta cuando le decía;

"Mair nunca quise hacerte daño, no hubiese querido que esto pasara."

Mair se levantó, camino de un lado a otro. No demostró asombro en lo que escucho:

"Sé que debí hablarte hace mucho tiempo, pero no tuve el valor y lo peor de todo es que estoy enamorado y de esa relación a nacido un niño."

Mair se le acerco, volvió a tomar asiento al lado de él. El continúo diciendo:

"Ya no valdría de nada seguir mintiéndote, esa era la razón principal por la que me quise mudar acá."

Mair se volvió a levantar, disimulando su disgusto reclamo,
"Pensé que antes que esposo éramos amigos." Le dijo
al mismo tiempo sintió que se lo recordaba a ella misma
también. Fue como una forma de mantener la cordura ante
lo que estaba escuchando.

El la miro confundido, de la extraña reacción de ella. Se
levantó también y camino hacia ella.

Hacía más de nueve años que Frank llevaba una doble vida. Conoció a Roxana en una de tantas actividades que participaba por su trabajo. Se gustaron desde el primer día. Frecuentaban a los mismos lugares. Concedían en reuniones de trabajo. Hasta llegaron a viajar juntos. En una de esas tantas coincidencias y después de la reunión, Roxana una mujer extremadamente liberal, invito a Frank a que se tomaran unas copas en cualquier lugar cercano. Frank asedio, había caído ante los encantos de Roxana. Esa misma noche después de unas copas de más, se fueron al hotel. Roxana lo llamo a la oficina unos meses después de sus fugas encuentro. Le confeso que tendría un hijo y que también el volvería a ser padre. Frank que hasta ese momento había sido un esposo fiel a Mair, no podía creer lo que escuchaba. Ella sabía que él era un hombre casado. Él le pregunto

"Y ¿Qué piensas hacer?"

La contestación de Roxana fue rápida.

"Un hijo es importante para mí y no pienso hacer otra cosa que no sea tenerlo."

Frank no lo podía evitar iba a ser padre otra vez. Frank no volvió a insinuarle un aborto a Roxana. Ambos se habían enamorado sin darse cuenta. Se habían comprometido tanto que ya casi Frank se había olvidado de sus obligaciones de esposo. Ya casi no buscaba a Mair, para hacerla suya como lo hacía al principio de su matrimonio. La verdad era que pasaba más tiempo con Roxana y su hijo, que hasta con sus primeros hijos.

"Mair nunca he dejado de quererte, si no te había contado era porque no quería herirte a ti ni a nuestros hijos."

Prosiguió

"Perdóname por favor, no entiendo cómo pasó, nunca pensé que después de ti me volviera a enamorar de nadie más."

Mair estaba más tranquila de lo que Frank esperaba que ella estuviera con esa noticia. Buscaba una y mil disculpas, como tratando de enmendar su supuesto error. Mair puso su mano en el hombro de Frank, diciendo

"Ay mi querido Frank, no te ahogues en disculpas, hace mucho tiempo descubrí, que nunca estuvimos enamorados, solo estábamos acostumbrados."

El trato de continuar explicándole, disculpándose, sin entender que no hacía falta más palabras; Mair ya sabía que esto estaba por llegar; y ya estaba preparada para ese momento que estaba enfrentado. Claro, jamás hubiese querido que pasara, pues no quería convertirse en una mujer divorciada. Ella aun creía que el matrimonio debía ser para toda la vida. Pero no estaba dispuesta a estar en una relación donde no hubiese amor de parte de ambos, ya había pensado en cuál sería su actitud en caso de que hubiese otra mujer, como tantas veces lo había imaginado. Ya sabía que decisión tomaría en ese extremo caso. Ese extremo estaba allí, en ese momento en el mismo lugar donde tantas veces se sintió la mujer más dichosa del mundo. Aparentemente tenía lo que toda mujer ansiaba un buen esposo, unos hijos maravillosos y una vida independiente financieramente hablando, pues tenía su profesión la cual ejercía con mucha vocación. Eso se le añadía que su esposo le complacía en todos sus caprichos.

"Sera mejor que empecemos los tramite de nuestro divorcio."

Él quiso seguir hablando, ella cariñosamente le puso un dedo en sus labios, y dijo:

"Mejor no digas más nada, tal vez empeores la situación, yo entiendo, tía Urbina me dijo un día que el amor es complejo, se disfraza, confunde nuestros corazones y muchas veces nos hace vallar, ahora entiendo por qué lo dijo."

Frank quiso abrasarla ella lo rechazo de inmediato. Le pidió que se marchara, que no había más nada que agregar a la conversación.

Cuando Frank salió por la puerta, Mair ya no tenía que disimular su disgusto. Aunque en verdad ella hacía tiempo había descubierto que Frank y ella nunca estuvieron verdaderamente enamorados y que ambos habían cometido un error al pensar que, si lo estaban, le devastaba la idea de enfrentarse a un divorcio y más que todo darles la noticia a sus hijos de su fracasado matrimonio. Y peor aún que su padre tenía un hijo fuera del matrimonio. Mair sabía que la sociedad había cambiado mucho y que en esa época un divorcio no era como en el tiempo de sus padres, pero no dejaba de sentirse triste. Frank y ella habían vivido bellos momentos, en algún momento fueron muy felices. De cierta manera le inquietaba, le atemorizaba el saberse sin Frank. El tener que empezar una nueva vida sin él, una vida de mujer divorciada. Sus padres le dieron un ejemplo de lo que era un buen matrimonio. Ella nunca los vio en alguna desavenencia. Si alguna vez hubo problema en su matrimonio, nunca se lo dejaron notar ni a sus hermanos ni a ella. Para sus padres el matrimonio debía conservarse para toda la vida. En algún momento ella llego a desear que su matrimonio con Frank fuese igual que el de sus padres. Mas en ese momento comprendió que aquello era más de lo que ella podía soportar. "¿Un hijo? ¿Como pude llegar a pensar que lo de mujeriego se le había pasado? ¿Cómo pude ser tan tonta y no darme cuenta antes? ¿Nueve años? ¿Un hijo?" Lo que Frank le acababa de confesar la llevaba mucho más allá de sus principios, más allá de lo que le inculcaron sus padres, sobre cómo debía ser un buen matrimonio. No podría soportar seguir casada con Frank, tenía que divorciarse. Esa noche fue muy larga y tormentosa. Lloro inconsolablemente no podía dejar de pensar en la traición de Frank. Pensaba que tal vez hubiese sido menos doloroso si Frank le hubiese confesado que se había enamorado y pedirle el divorcio; que descubrir después de tanto tiempo, que él tenía una doble vida.

Pasados varios meses Mair y Frank, ya estaban firmando el divorcio. No hubo conflictos, y todo estaba claro, Frank le cedió la casa a Mair y dividieron sus bienes en partes iguales.

Primero que todo esa era también la casa que había comprado para su familia y más aún sabia cuanto Mair amaba su hogar. Ya le había hecho demasiado daño a Mair, no podía además quitarle el lugar donde mejor ella se sentía, cerca del mar. Él se regresaría a la ciudad, donde tenían un apartamento. Sus hijos, no le reprocharon, su madre siempre encontraba la forma de que ellos entendieran las cosas. Y debido a la edad de los hijos y a la ya marcada modernización todo fue mucho más fácil de entender.

Tal y como se lo había imaginado, fue muy difícil para Mair saberse divorciada, aunque trato de que sus hijos no le guardaran reproche a su padre, ella sentía que no podía soportar su fracaso matrimonial. En sus veinte tres años de casada con Frank no hubo otra cosa en su mente que no fuera Frank y sus hijos. Ellos eran su razón de ser, eran el motor que la movía a ser todo lo que hacía, tanto en la vida profesional como en la personal. Nunca dejo de cumplir con sus deberes de esposa, complacía a Frank cada vez que la necesitaba para saciar sus deseos varoniles. No hubo nunca ninguna negatividad, para ella no había ninguna excusa para el buscar a otra mujer y menos buscar otro hijo. Ahora las tardes serán

más largas, más solitarias, no tendría a quien esperar. La
soledad le invadía, solo le quedaba su tía, a quien amaba como
una segunda madre. Ella la escuchaba, le aconsejaba y casi
adivinaba sus pensamientos.

Pero la vida nos prepara para todas esas cosas que creemos
imposibles. Mair se fue recuperando poco a poco de la
ausencia de Frank. Buscaba cualquier momento para visitar
a la tía. Pasaba mas tiempo frente al mar. Meditaba con mas
frecuencia. Le fascinaban las velas aromáticas. Creaban un
ambiente de paz y armonía y eso le gustaba. La hacían olvidar
el fracaso y la soledad era mas llevadera. Su tía por su parte
le daba ánimos,
   "Ya te pasara Mair, el mundo no se acaba con un divorcio.
Cuando vengas a ver, pasaran los años y ya no habrá dolor
ni melancolía. Se feliz y aprovecha tu soltería. Disfruta tu
soltería, que no sabes cuando la vallas a perder de nuevo."
Mair le contesto, "Si, te refieres a tu amor imaginario, creo
que te hiso quedar mal, tía. Ya no estoy en edad de amoríos."
La tía Urbina se rio, "Ay Mair no sabes lo que dices, ¿No has
escuchado por ahí, un mar de veces, que el amor no tiene
edad? El amor es travieso, empecinado y escurridizo llega
cuando menos te lo esperas."

La señora Urbina tenía muuucha razón, ya habían pasado
tres años del divorcio de Mair. Se sentía la recuperación de su
divorcio. Aunque muchas veces le pasaba Frank por su mente,
ya no lo extrañaba. Muy en sus adentros ella sabía que lo de
Frank y ella era más de amigos que de amorío. El amor que
creía sentir por Frank se convirtió en cariño, no le guardaba
rencor, después de todo eran amigos, ante todo. Su amistad
estaba igual que cuando eran jóvenes, la amistad que nunca
debió pasar más allá que eso. El la llamaba con frecuencia,
hablaban de los hijos y de sus planes futuro. En un momento
dado le pregunto a Mair si lo había perdonado, ella le contesto

"Siempre te he perdonado, Frank". El guardo silencio al otro lado del auricular y luego pronuncio unas palabras casi en secreto "Quiero que seas feliz, Mair." "Ya lo soy." dijo ella, como queriéndolo sanar de la culpa que el sentía. "No Mair, te falle." Ella quiso cambiar el tema. No quería que él se sintiera culpable de nada. Ella había entendido que no eran el uno para el otro. Que la vida era así, que no estábamos obligados a estar donde no nos sentimos cómodos y mucho menos felices, pero antes le dijo "No hubo culpables Frank fue la vida, el Amor se disfraza, nos confunde, nos hace caer en una trampa y nos hace creer que estamos donde debemos y de repente, nos arrebata la felicidad y la estabilidad." De repente se da cuenta de algo y riendo le dice a Frank "Ay no, ya estoy hablando como mi tía, creo que nos hablaremos luego Frank, continúa siendo feliz tú, que eso me da la satisfacción de que valió la pena el final." Cerro el teléfono luego de despedirse de Frank y entre risas llamo a la tía, para contarle que se encontró hablando como ella.

Mair se había levantado temprano, estaba disfrutando de su hermoso jardín. Entro un momento a la casa, había música suave puesta. Escucho el teléfono, busco el celular con la mirada, extrañada por tan temprana llamada. Miro para identificar de donde procedía la llamaba a tan tempranas horas. Contesto rápidamente, un poco nerviosa, pues no habían pasado aun veinte y cuatro horas, de haber estado con su hijo después de ella haber despertado del letargo de sus recuerdos en medio del intenso aguacero de la tarde anterior.

"Samuel, ¿Estas bien?"

"Sí, madre mejor que nunca, te llamo, para que me acompañes a ver el local para mi galería."

"Niño, te puedes imaginar el susto que me has dado, viniendo esta llamada un sábado en la mañana de un dormilón como tú."

"No madre, no he podido, yo no pude dormir en toda la noche, esperando que pasaran las horas y amaneciera, para poder llamarte y decirte que finalmente encontré el lugar perfecto para mi galería, que tú crees, ¿Me acompañas?"

Continúo insistentemente Samuel. Mair que aún no salía de su asombro por la llamada de él a tan tempranas horas contesto:

"Pero hijo, ¿A qué horas debes de estar allá?"

Samuel, contesta con traviesa actitud,

"A las once de la mañana."

Ella por su lado comenta,

"Aun no aprendes a ser puntual, tendrías que esperar que yo llegue al área metropolitana, ¿No crees que llegaremos tarde a tu cita?"

"No, madre, te prometo que llegaremos a tiempo sí prefieres, ven a casa primero y nos vamos de aquí."

Mair, calla por unos instantes y responde

"Solo con una condición, que yo sea la que maneje."

"Lo que digas madre mía, con tal y que me acompañes a mi primer negocio."

Cuando Mair colgó el teléfono, sintió una euforia igual a la que había sentido muchos años atrás. Por una razón que no se explicaba sentía su corazón que latía ligeramente. Ella estaba emocionada, pensó que era el hecho de que Samuel iba a tener lo que por tanto tiempo había esperado, la oportunidad de tener su propia galería de arte. Busco dentro del ropero no tenía todo el tiempo del mundo para elegir. Ella tendría que manejar hacia el área metropolitana y quería evitar el congestionamiento lo más posible. Eligio un traje blanco, unas zapatillas de tacón alto, un cinturón y un bolso del mismo color de las zapatillas. Era agosto la temperatura iba a estar bastante alta, había que estar lo más holgado posible.

"Samuel, Samuel, aquí me tienes de nuevo, corriendo como siempre, nunca vas a cambiar muchacho mío." Pensó casi en voz alta, mientras cerraba la puerta de la entrada de la casa.

Al llegar frente al pequeño departamento de soltero de su hijo Samuel, le llamo por el celular. Samuel contesto inmediatamente,

"Madre, bajare inmediatamente, los dueños del lugar ya nos esperan."

Bajo, se montó rápidamente en el auto, y en quince minutos ya estaban a punto de entrevistarse con los dueños del lugar que Samuel rentaría para su galería. Mair, preocupada le recomiendo adelantarse se sentía apenada por el retraso. Su hijo se desmonto del auto. Mair seguía sintiendo la misma sensación, no le comento nada a Samuel, no pensó que era algo físico, era más bien algo sobrenatural casi espiritual. Lo que sentía no tenía humana explicación y no quería llegar a preocuparlo con nada en ese día tan especial.

Mair buscaba un estacionamiento, al mismo tiempo trataba lo posible de calmar lo que sentía. Ya de camino al local, su mente no podía concebir lo que estaba experimentando. Si en verdad los presentimientos existían, pues Mair podía jurar que aquello era uno de esos. No era nada normal, fue algo que hasta llego a sentirse asustada de entrar al lugar donde su hijo la esperaba. En el momento que pensaba regresarse le llegaron a su mente las palabras de su tía, la señora Urbina hacía muchos años atrás, cuando se preparaba para salir con Frank a celebrar el cumpleaños de su madre, hacía más de veinte años atrás. Aquel mismo día sintió algo similar y la tía le advirtió en son de broma, "Tal vez te vas a encontrar con el amor, y ojo ¡eh! que aún no me convenzo que sea Frank ese hombre." Al recordar las palabras de su tía, sintió ganas de salir huyendo, no sabía de qué. Sacudió ligeramente la cabeza, como para no recordar las palabras de su tía, más por el contrario, parecía que le retumbaban en la cabeza. Le venía un recuerdo detrás de otro, cuando en otra ocasión le dijo,

"El verdadero amor no tiene definición, solo se sabe que llego porque lo sientes en tu cuerpo, tu mente, tus sentidos, te lleva a lo más incognito del otro ser a quien amas…"

Mientras más escuchaba la voz de su tía en su mente, sentía más deseos de regresar al auto, pero Samuel estaba esperándola, no podría defraudar a su hijo. Mair, inconscientemente arreglaba su vestido. Se preguntaba si estaba adecuadamente vestida para el momento.

Al llegar a la puerta de cristal, dio una rápida mirada hacia adentro del local. Inmediatamente que vio a su hijo conversando con una dama, abrió la puerta. La mujer estaba muy modernamente vestida. Cuando llego al lado de ambos,

"Madre conoce a la señora Sara, la madre de mi amigo Kevin." Las dos mujeres se miraron y a dúo exclamaron "¿Qué?"

"¿Tu?"

"¡Que sorpresa!"

Se abrasaban al compás de sus voces unísonas, Samuel las miraba a ambas al mismo tiempo que preguntaba

"¿Se conocen?"

Ellas no lo escuchaban estaban tan sumidas en su sorpresa que apenas notaban si el continuaba allí o no, "Tanto tiempo, que bonita estas"

Le decía Mair a la mujer. La mujer emocionada le comento,

"El destino nos volvió a juntar."

Samuel, al ver que era más que obvio que ambas mujeres se conocían solo le quedaba preguntar, "Madre, ¿De dónde conoces a la señora Sara?"

La señora Sara era la amiga con quien Mair había compartido tantas veces en la biblioteca en sus años de universitaria. No se parecía en nada a la tímida chica de aquellos tiempos. A leguas se notaba que se había convertido en una bella y extrovertida mujer. Samuel, estaba impactado con la coincidencia, más aún porque Sara era la madre de su mejor amigo, y él no sabía que ambas mujeres se conocían.

"No podría haber mejor coincidencia, esto hay que celebrarlo." Dijo Samuel con aspecto patidifuso.

Sarita, también se había casado y solo tenía un hijo. Su esposo y ella eran una feliz pareja, todo lo compartían. Vivian muy bien económicamente. Al su padre morir, su hermano y ella habían heredado el negocio de su padre. Como ambos tenía sus propios intereses en ese momento no tenían mayor interés en el negocio heredado, por ende, entre ambos decidieron alquilarlo, y que mejor que al mejor amigo del hijo de Sara. Ya ellos habían conocido muy bien a Samuel, sabían que era un muchacho con ganas de triunfar, sabían de su pasión por el arte. Samuel frecuentaba la casa de Sara. A Kevin su amigo e hijo de Sara también le gustaba el arte. Fue el quien insistió para que le dieran la oportunidad a Samuel de rentar el local. Por su parte Samuel estaba feliz, todo indicaba que su madre vería con muy buenos ojos el negocio que haría con Sara y su hermano.

Sara le contaba la historia del lugar a Mair. Le decía que hacía muchos años el local estaba cerrado. Su papa tenía una perfumería y floristería allí, su padre enfermo gravemente y no pudo seguir corriendo el negocio. Su hermano que era el que más frecuentaba el lugar con su padre, pues él se encargaba de suplir todas las necesidades del lugar, por razones personales no podía hacerse a cargo del negocio. Fue así que el negocio termino fuera de circulación. Le contaba del exquisito gusto que tenía su hermano para elegir, flores, perfumes, sobre todo colonias varoniles. Curiosamente Mair le dijo a Sara:

"Sara, nunca me dijiste que tenía un hermano.

Siempre pensé que eras hija única pues eras muy tímida."

Sara, rápidamente respondió,

"Tal vez no se dio el momento, como sabes nuestra relación era más de camarería estudiantil aparte de que en ese tiempo ya Heber se encontraba en Estados Unidos terminando su especialidad para convertirse en lo que es hoy en día cardiocirujano."

Ambas se rieron, mientras Sara añadió,

"Pero nunca es tarde, ahora no solo sabes que tengo un hermano, sino que vas a tener la oportunidad de conocerlo, espera un momento."

Termino diciendo mientras caminaba hacia una pequeña oficina que se encontraba en el fondo del lugar. Sara toco la puerta suavemente:

"Heber, ¿Puedo entrar? Ven aquí con nosotros, quiero que conozcas a la madre de Samuel."

Mientras Sara buscaba a su hermano, Mair decidió echarle una mirada al lugar. Repentinamente tropezó con unas cajas, y de inmediato le choco un recuerdo, pudo sentir el chasquido de las olas cuando llegan a la orilla, sintió como si los recuerdos le chocaran en la mente. Siento haber estado allí alguna vez. De repente hablándose a ella misma en su mente, se dice

"¡Claro! Esta era la floristería donde hace muchísimos años entre con Frank a comprar el regalo de su madre, ¿Cómo olvidarlo? ¿Cómo no reconocerlo desde un principio?"

Cuando Mair dio la vuelta emocionada a decirle a Samuel, ya Sara estaba allí, con un hombre a su lado.

"Mair conoce a mi hermano, Heber."

Mair enmudeció al ver la figura, la cara, los labios, la sonrisa de aquel desconocido. Sintió que su cuerpo se estremecía. Nunca lo había visto antes, pero le parecía tan familiar, que no podía apartar sus ojos de aquel hombre, aunque trato de esquivar disimuladamente su mirada.

"Entonces usted es la madre de nuestro gran amigo Samuel, tengo que confesar que él no se equivocó al definir su belleza, es más creo que le falto; buenas tardes bella señora, mi nombre es Heber." Exclamo el caballero.

Mair sonrojo, él también la miraba fijamente. Cuando Mair logro apartar su vista de sus ojos, miro hacia su mano que se la extendía con tanta naturalidad, y solo extendió la suya casi como por instinto sin pronunciar palabra alguna. El impacto que sintió en su mano, la volvió estremecer. Su olor, su perturbadora mirada, y su sonrisa la llamaban hacia ese recién conocido ser. Mair sintió lo que nunca había sentido con nadie, ni tan siquiera con Frank. No podía detener sus pensamientos, la voz de su tía continuaba rebotando en su cabeza, "Mair el Amor es otra cosa, no una noche de pasión." miraba para todos lados como queriendo desviarse de sus propios pensamientos. Se encontró peleando con sus adentros, hasta que logro componerse y solo pensó, "Mi, tía y sus cosas."

Estaba desconcertada, inquieta, sofocada, aquel hombre hiso humedecer su intimidad. No podía entenderlo. Sus recuerdos la agobiaban, recordó la vez que fue con Frank a comprar las flores y tropezó de espalda con un joven. Se preguntó para así misma, "¿Seria él? ¡Dios mío! ¿Qué me pasa? ¿Quién es este hombre que me a descontrolado por dentro?" Mair estaba sorda, no escuchaba nada, era como si estuviese allí sola con ese extraño caballero. No se daba ni cuenta de lo que estaban hablando Samuel, Sara y el recién llegado. Muy disimuladamente respiro profundamente y logro equilibrar sus pensamientos. Samuel sugería

"Madre que tú crees si vamos a la feria, esto hay que celebrarlo, repito." Ella titubeo al decir

"¿Feria? ¿Nosotros?"

Él dijo "Claro madre, recién abrieron la feria, podríamos ir a pasar un buen rato, como hacíamos cuando era niño ¿No creen?" Pregunto insistentemente.

Mair se sentía desmayar, no quería volverse a verse con ese hombre, que la inquieto tanto. Más sin embargo Sara acepto, la invitación. Mair, protesto diciendo, "Samuel, muchacho, ¿Tu no crees que tu madre ya está bastante mayorcita para la feria?" Dijo como para salir del paso y así evitar volverlo a ver.

Heber se le adelanto a Samuel al contestar, "Excuse mi atrevimiento señora, pero la feria es para grandes y chicos, además creo que habrán allí más de una chica, que deseara lucir como usted."

"Yo personalmente le extiendo la invitación, sería una forma diferente de cerrar un negocio, ¿No cree?" Continúo diciendo Heber. Samuel, dio un salto de felicidad,

"¿Entonces, quiere decir que el local es mío?"

Heber solo dijo, "¡Si!, no faltaba más, como negarle algo al mejor amigo de mi sobrino, además que mejor referencia que la de la mejor amiga de mi hermana Sara, la señora Mair. Inmediatamente voy a la oficina a buscar el contrato para firmarlo."

Mair estaba paralizada, no le salían palabras de su boca. Sara la observaba detenidamente, "Mair ¿Estas bien? ¿No te gusta el lugar?"

Mair, arreglo su cabello y dijo,

"No, no, todo está muy bien, está muy acogedor para una galería, creo que es una buena elección" Samuel, que la alegría no le cabía en su cuerpo le pregunto a Mair,

"Entonces madre, ¿Nos acompañaras a la feria?" La llenaba de besos y abrazos, Sara le animaba para que fueran también. Le decía que invitaría a su esposo para que ella también lo conociera. Mair, noto que Heber ya se acercaba con el contrato de renta en las manos. Volvió y lo miro de arriba abajo, era obvio que se sintió fascinada por aquel hombre, que aparentemente era un desconocido para ella.

Heber era un hombre de piel obscura, sus ojos eran color café suave, embrujaban con su mirada. De estatura promedio. No era un fisicoculturista, pero a sus cuarenta y siete años mantenía una buena condición física. Era varonil, caballeroso, se le notaba su buen gusto al vestir. Su olor corporal podía enloquecer a cualquier mujer que se le acercara. De él, emanaba un aroma sumamente masculino. Cuando sonreía descubría unos dientes muy blancos, definidos y muy bien cuidados. Sus pasos eran firmes, como seguro de sí mismo. Mas sin embargo detrás de esa marcada sonrisa, el escondía una desgracia.

En sus días de estudiante universitario solo tenía dos pasiones; sus estudios de medicina y su gran pasión por las motocicletas. Su padre vivió toda su vida tratando de que olvidara su obsesión por las motos. Nunca lo pudo convencer, la adrenalina que le producía correr era más fuerte que cualquier cosa. Fue esa pasión que lo llevo a una desgracia. Esa desgracia que lo tenía cautivo, obligado y que le había casi borrado la sonrisa de su rostro. Eran muy escasas las ocasiones en que Heber reía a carcajadas. No era una persona amargada, pues trataba a sus allegados con gran cortesía y candidez, pero reflejaba en su rostro un velo de tristeza. Era como si un mal recuerdo lo persiguiera a todas partes. Y no era para menos, ese recuerdo no era solo una imaginación, ese recuerdo estaba latente y en todo lo que hacía, en todo lo que vivía, y más aún en el rostro de Ivana su esposa.

Tenía Heber veintiún años, era un chico muy alegre, le gustaba la aventura. Le gustaba ir a la playa con su prometida, Ivana. Visitar lugares exóticos, místicos y sobre todo lugares románticos. Tenían tres años de noviazgo y aun Heber no se decidía casarse. Ivana estaba muy enamorada de Heber, su gran deseo era que él le propusiera matrimonio. El deseo de casarse con él, la había llevado a constates reproches, al ver que él no se decidía. Entre Ivana y Heber ya había más que un compromiso. Cada vez que el la invitaba a emprender una nueva aventura ella no se le negaba. Fue en una de esas aventuras que Ivana entrego su cuerpo al hombre que amaba. Ivana era hija única, sus padres la complacían en todo. Siempre fue una niña consentida por sus padres. Sus padres simpatizaban muy bien con Heber, pero no entendían por qué no se decidía casarse con su hija. Su hija era una chica muy bella. No tenía por qué estar mendigando amor, como pensaban ellos que estaba su hija, pero ese era el hombre que ella amaba, y sus padres no podían hacer nada por evitarle el disgusto de que Heber no se decidiera a casarse con ella. Mas sin embargo una jugarreta del destino obligaría a Heber a tomar la decisión más equivocada de su vida.

Una tarde de diciembre, en la que fue a buscar a su novia para invitarla a las carreras de motocicleta, Ivana le dijo, que estaba indispuesta. Con la euforia que lo caracterizaba le insistió en que fueran. Ella al verle tan feliz, no se pudo negar. Rápidamente se alisto y en unos minutos ya estaba sentada en la moto, abrasada a la espalda de Heber. Llevaba un jean gastado, sus botas de cuero, su gorro protector y la alegría de estar con su prometido. La euforia de Heber se mezcló con la música que estaba puesta en la moto. Sus risas se perdían en el aire. Heber arranco la moto:

"¿Lista? Esta noche te llevare al cielo."

Se perdieron en el camino, casi llegaban al lugar cuando de repente se les atraviesa un camión de carga. El impacto hiso que Ivana volara por los aires.

Tanto los padres de Heber y los de Ivana fueron notificados de inmediato. Estaban allí en la sala de espera angustiados, sus hijos habían tenido un aparatoso accidente. Ivana había llevado la mayor parte del impacto. La madre de Ivana lloraba desconsoladamente. Su esposo trataba de calmarla. No tuvo éxito, le echaba la culpa del accidente a Heber. La madre de Heber, aunque no le gustaba el comentario, prefirió guardar silencio. Era una mujer muy inteligente y sabía que esos momentos eran críticos y que no era tiempo de buscar culpables y mucho menos para reproches y que cualquier argumento que saliera de su boca, lejos de mejorar, empeoraría la relación de los futuros suegros. Mantuvo su boca cerrada y le tomo la mano a su esposo y se apartaron de la sala de espera. Caminaron hacia la cafetería del hospital, sería la mejor forma de evitar algún roce negativo con los padres de Ivana. Pasaron dos horas platicando sobre la tragedia. El padre de Heber siempre vivía reclamándole a Heber sobre su obsesión con las motos. Nunca fue participe de verlo en cualquier carrera o actividad que tuviera que ver con su moto. Más bien le advertía de lo arriesgado que podría ser esa pasión desmedida que tenía su hijo por las motos. Muchas veces pensaba que su gusto por las motos era extremo.

Y en verdad no se equivocaba, Heber no tenía tiempo para otra cosa más que para los estudios, su novia y las motocicletas. Compraba todas las revistas de motos, indagaba en las redes sociales sobre eventos que tuvieran que ver con las carreras de motos y las que el pudiese participar, la mayoría de sus amigos compartían su mismo pasatiempo, las carreras. En las reuniones familiares solo hablaba de su moto. Irónicamente esa euforia lo llevo a un fatal accidente, donde no solo estaba involucrado el, sino que también a su amada Ivana la cual estaba en condiciones críticas.

Después de largas horas todos estaban hablando con el médico. El rostro del galeno demostraba que no había buenas noticias. Poniéndole la mano en el hombro al padre de Ivana, le daba una triste he inesperada noticia; Ivana estaba esperando una criatura y la había perdido por el impacto del accidente. Todos estaban confundidos, los padres enmudecieron y las madres solo lloraban y llenaban de preguntas al médico que les informo del lamentable suceso. La madre de Ivana era la más alterada:

"Pero doctor, ¿Cómo está mi hija? ¿Acaso sabe ella que ha perdido una criatura?"

El médico le decía "No señora, su hija está en cuidados intensivos y aun esta inconsciente." Continúo informando,

"El joven tienes varias heridas de la cual las más serias es la de una pierna quebrada, pero fuera de peligro; mientras que con la señorita Ivana, tendríamos que esperar, que pasen las setenta y dos horas críticas, para saber que pasara con ella."

Ambas parejas se abrasaron, estaban frente una situación trágica. La vida de Ivana estaba en peligro y Heber no sabía nada. Los padres de Heber sabían que, si le llegaba a pasar lo peor a Ivana, Heber jamás se lo perdonaría. Aunque no había decidido casarse, él amaba mucho a su novia. Siempre decía que tenía tres grandes amores que eran, la moto, su madre y su novia.

Los padres de Heber pidieron al doctor pasar a verlo. El doctor no se lo impidió. Más bien les dijo

"Creo que será una excelente idea, tanto el cómo Ivana cuando ya se haya recuperado necesitaran mucho apoyo."

La madre de Heber, lo miro como si sintiera que había algo más en sus palabras que el no quiso decir, pero ella rápidamente le pregunto:

"Doctor, ¿hay algo más que usted no nos ha dicho?"

En fracción de segundo el contesto, "No podría revelarles más nada, solo les pido que no se aparten de ellos ya que ustedes pueden ser su soporte." Ese comentario puso más angustia en la mama de Heber, se le noto resaltada, pero aun así no insistió, apenas pronuncio

"Entiendo"

Tomo a su esposo de brazo y camino hacia el cuarto donde estaba Heber.

Ivana paso dos meses en condición crítica. Heber no se apartaba de ella. Si tenía que hacer algo fuera del hospital, iba y regresaba de inmediato. La noticia de que Ivana estaba embarazada lo había dejado aturdido. Ella no le había comentado nada. Mas eso no le importaba estaba preocupado por su novia, quería que estuviera fuera de peligro. Sus padres tampoco los abandonaron, estaban allí día y noche. La madre de Ivana comprendió que no era culpa de nadie, solo era cosa del destino. Muchas veces cuando llegaba al cuarto donde estaba Ivana, encontraba a Heber, dormido al lado de ella. Ella le tocaba suavemente,

"Heber, ve a tu casa, yo me quedo aquí con ella."

Él no se movía, sentía que su lugar estaba al lado de ella. Con frecuencia recordaba el día del accidente, cuando invito a Ivana y ella le dijo de su indisposición. Se sentía comprometido con ella, se sentía angustiado, se sentía culpable de la condición en que se encontraba Ivana. Más aun no podía imaginarse la reacción de Ivana cuando supiera que había perdido un hijo suyo.

No tardo tanto en ver esa tan temida reacción; una mañana, mientras él se servía un poco de agua, sintió a Ivana gemir. Soltó el vaso donde serbia el agua,

"Ivana, mi amor, despertaste, que felicidad, mi amor.

Me estoy volviendo loco, viéndote en un interminable estado de inconciencia, mi amor."

Ella le preguntaba "¿Qué ha pasado? ¿Estás bien? ¿Por qué estoy aquí?"

Él le tomo su rostro entre sus manos, y sonriendo le dice: "No seas tan preguntona, tranquila."

Ella insistió, en saber lo que había pasado. El volvió a replicar,

"Le dije que no sea tan preguntona, usted solo tiene que preocuparse por seguir mejorando, las preguntas para después, le prometo que yo mismo se las contestare toditas."

Le decía mientras rosaba su nariz con la de ella. La besaba en los labios, le hacía mimos, luego llamo a la enfermera.

Él sabía que le esperaba un golpe muy fuerte. En unos minutos, estaban frente a ella la enfermera, el médico y Heber también. El médico, le tomo el pulso,

"¡Ah! Señorita por fin decidió despertarse, nos ha dado un tremendo susto, especialmente a su prometido que no se ha movido de aquí en días."

Ella miro a Heber, él le respondió con una mirada de ternura. Al mismo tiempo interrumpió al médico:

"Doctor, ¿Cree que podamos hablar un momento a solas?"

El doctor asedio a su petición y ambos salieron del cuarto.

"Doctor, ¿Sería mucho pedirle, que no le diga nada a Ivana sobre la pérdida del bebe en este momento?"

Continuo, como queriendo explicar, "Es que creo..." El doctor lo miro a los ojos, diciendo,

"No tiene que explicar nada, yo también creo que no es el momento."

Heber le dio las gracias y regresaron con Ivana.

Al mes de su recuperación, Heber sabía que ya había llegado el momento de que ella se enterara de todo lo que había pasado y la desgracia que encerraba aquel accidente. Ya el medico había decidido que había que hablar con Ivana sobre la pérdida de su mal logrado embarazo. No se podía seguir ocultando lo que tarde o temprano Ivana sabría. Le llevaba unos chocolates, flores y un libro de su escritor favorito. Abrió la puerta suavemente, para sorprenderla. Ella lo miro, se veía mucho más mejorada. Su piel empezaba a recuperar su lozanía. Después de entregarle los obsequios, Heber le dijo que tenían que hablar. Ella le invito a sentarse junto a ella. El disimulaba su tristeza y su preocupación. Sentía hasta vergüenza de sí mismo, sintió ganas de llorar. Tratando de evitar que Ivana viera su rostro. Miro hacia los lados buscando la silla de ruedas. El la tomo en sus brazos

"Señorita usted y yo nos vamos a hablar a otro lugar"

Sin parar de hablar ni de simular continúo

"El día esta hermosísimo y mi novia no se lo va a perder." Ella reía en sus brazos.

Heber sentía que no solo ella necesitaba un poco de aire fresco después de tanto tiempo hospitalizada, él también lo necesitaba, no sabía cuál sería la reacción de ella, no sabía a qué se tendría que enfrentar. Estaba de por medio su noviazgo. Todas las noches su cabeza parecía que iba estallar de tanto pensar en el momento que Ivana se enterara. Se preguntaba una y mil veces, "¿Cuál será la reacción de Ivana? ¿Sera que no va a querer verme jamás? ¿Me maldecirá y me apartará de su vida?" Todos los días era una agonía para él. Ya le había perdido el amor a su moto. Jamás volvió a tocarla después de aquel fatídico día. Saco la moto de la casa, juro que jamás correría su moto. Se deshizo de todo lo que le recordara toda aquella pesadilla.

Ya de regreso al cuarto del hospital, Ivana estaba feliz, sonriente y fresca, su novio la hacía sentir amada. Le ofrecía sus labios, se besaban. Heber sabía que estaba muy cerca de que Ivana supiera todo. El solo pensarlo lo desvió de su momento romántico. No se pudo contener más, tomo la decisión de confesarle las consecuencias que trajo el accidente.

El grito de Ivana se pudo oír atreves de todo el hospital. "¿Qué? Heber ¿De qué hablas? ¿Qué bebe?"

Al parecer Ivana tampoco sabía que estaba embarazada. La noticia le hiso sentir que el mundo se le venía encima. El intento abrasarla, ella seguía desconcertada. Él le explico con lujo de detalle todo lo que había pasado esa noche del accidente. Los gritos de angustia de Ivana hicieron que la enfermera de turno entrara al cuarto,

"Joven, ¿Qué le pasa a la señorita?"

Heber solo le pidió a la enfermera que buscara al médico. La enfermera de inmediato llamo al médico por la bocina. Al llegar el médico Ivana estaba inconsolable, no podía creer lo que había escuchado. El médico le pedía que tenía que controlarse pues él tenía que informarle algo más. El medico pensó que era imprescindible que Ivana lo supiera todo de una vez. Ivana no iba a poder tener hijos jamás debido al accidente. Cuando Ivana escucho esta última noticia, entro en un ataque de histeria. A gritos decía que había dejado de ser mujer, que jamás podría ser madre. Que Heber le había destruido su vida. El médico le dijo a Heber que era mejor que se retirara del cuarto. Heber le suplicaba que tenía que estar con ella. El médico le decía que en este momento él no era la mejor compañía para ella. Indirectamente él había sido el culpable de la tragedia de Ivana. El doctor tuvo que ponerle un tranquilizante a Ivana, estaba incontrolable.

Hacia un año del accidente e Ivana rehusaba hablar con Heber. El por su parte no había dejado ni un instante de buscarla. El la llamaba por teléfono, se allegaba hasta su casa. Los padres de Ivana le insistían para que hablara con él. Le trataban de hacer entender que no había sido su culpa. Ivana por su parte le reprochaba el que no pudiese ser madre jamás. Las pocas veces que aceptaba las llamadas de Heber, era para tirarle en cara su esterilidad. Le reclamaba que le había convertido en una mujer inservible, que nadie querría casarse con ella sabiendo que era estéril. Heber no podía con su conciencia. Los padres de Heber se sentían impotente ante la situación que estaba viviendo su hijo. Le repetían una y otra vez, que aquello no fue su culpa. Ellos estaban seguros de que, si él hubiese sabido que ella esperaba una criatura, jamás le hubiese pedido que le acompañara ese fatídico día.

Él sabía que tenía que ver una forma de pagar su culpa. Y él estaba dispuesto a pagarla como fuera. Se sentía en la obligación de devolverle la felicidad o al menos un poco. Eran las cinco de la tarde, cuando llego a casa de Ivana en su auto. No había vuelto a correr su moto después de aquel día. Los padres de Ivana le invitaron a entrar. La madre de Ivana le informo de su llegada. Ella rehusó verlo, él no se rindió ante su negativa. Él le pidió a los padres permiso para pasar a la terraza donde Ivana se encontraba sentada. Al verla le dijo:

"Ivana, tenemos que hablar, por favor."

Ella sin mirarle solo contesto, "No hay nada de qué hablar."

El respondió, "Si, tenemos que arreglar esto, yo entiendo por lo que estás pasando, pero entiende que ese hijo que tú perdiste también era mío, y me duele tanto como a ti."

Prosiguió hablando,

"No puedes terminar tu vida aquí, todo esto que paso es muy doloroso, pero aún estamos vivos, y no puedes vivir encerrada, negándote el vivir."

Ella no contestaba nada, su mirada estaba perdida. Él se le paro de frente suplicándole,

"Dime, ¿Que podría ser yo? ¿Dime como podría yo reponer ese horrible error que cometí al invitarte a montar la moto conmigo ese día?"

Esas últimas palabras parecieron mágicas. Ella puso su mirada en él, "Como único tu repondrías tu error seria casándote conmigo, ya que ningún hombre se casaría con una mujer estéril, seca por dentro, una mujer sin esperanza de dar fruto de su vientre."

El bajo la cabeza, se sintió perdido, pero sabía que había ido decidido a enmendar su error, y si ese era el precio no pondría resistencia. Después todo era su novia, con la cual había compartido tantos momentos felices. Él la amaba con locura, al menos eso pensaba. No, no podría negarse, quería hacerla feliz.

Y Heber, sellaba su sentencia. En unos meses estaba contrayendo matrimonio con la joven que él le había desgraciado el futuro como mujer. Su vida había cambiado bruscamente. Ya no era el joven alegre, aventurero, ya no salía a la playa en su moto. Su vida de chico, atrevido, arriesgado, aventurero la dejo atrás. Él siempre fue muy buen estudiante, pero eliminar de su vida las motocicletas lo llevo a infundirse más en carrera. Se había convertido en un hombre más tranquilo, más maduro. Se trasladó con Ivana a los Estados Unidos donde termino su carrera universitaria. La vida le había golpeado duro. Escogió un camino y se estaba acatando a él. El moverse de Puerto Rico a los Estados Unidos le ayudaría a ambos a olvidar un poco la tragedia que había vivido. Respetaba a su mujer, se dedicó a ella en cuerpo y alma. La complacía en todo, le aceptaba sus reproches, cuando estaba mal humorada. Millones de veces guardaba silencio cuando ella le decía,

"Yo sé que nunca me has amado, y que solo te casaste, por lastima, de no ser por el accidente nunca te hubieses casado conmigo."

Los reproches se hicieron más frecuentes con los años.

En nada ayudo el haberse marchado de Puerto Rico. Ivana se convirtió en una mujer intolerante. Buscaron ayuda profesional, la cual tampoco sirvió de nada. Ivana también le reclamaba el no estar cerca de sus padres. Regresaron a Puerto Rico.

No era feliz, pero al menos sentía la satisfacción de que de alguna forma estaba reparando el daño que según él le había causado a Ivana. Mas el destino tenía un A's debajo de la manga. El destino tenía otros planes para él.

Mair no había encontrado la forma de evitar el encuentro. Se acercaba el día en que irían a la feria. Samuel, le había llamado como de costumbre y le recordaba,

"Madre, no olvides nuestro compromiso, creo que la pasaremos muy bien."

Mair, solo escuchaba en silencio, cuando el termino de hablarle solo dijo,

"Está bien Samuel, allí estaré sin falta, como siempre he estado en todas tus extrañas ocurrencias."

Al terminar la llamada se miró al espejo, toco su rostro, pensó en su edad, pensó en sus días de casada, pensó en sus días de madre abnegada, pensó en ella y pensó en lo que había sentido con Heber. Su cuerpo se volvió a encender, pensó que tal vez era porque hacía tiempo no sentía la aproximación de un hombre. Cerró sus ojos, era como si su mente la obligara a pensarlo, se imaginó en los brazos de Heber. Se sintió temblar, sintió su olor, sintió su varonil presencia, su respiración se ajito, sus manos le sudaron, su corazón quería estallar, sin darse cuenta se imaginó haciendo el amor con él. Su femenina área volvió a humedecer, de su boca se escapó un leve gemido. Reacciono rápidamente, y muy dentro ella se repitió más de una vez,

"Sí, debe ser eso, debe ser eso, el tiempo que hace que no estoy cerca de un hombre.

Tengo que apartar este hombre de mi mente, esta será la última vez que lo veré, voy a compartir con ellos, luego regreso a casa y jamás nos volveremos a ver."

Más en su corazón ella sabía que estaba mintiendo. Era una descarada mentira, muy por encima de ella, y muy a pesar de ella misma, lo quería volver a ver una y mil veces más. No sabía lo que le pasaba con aquel hombre que por primera vez lo vio y parecía haberlo conocido antes. ¿Quién sería ese hombre, que le había robado la tranquilidad en solo unos días? ¿Quién sería ese hombre, que desde que lo vio por primera vez se metía en sus sueños y no hace más que pedirle un pedazo de sus labios? No entendía nada, solo sabía que se mentía así misma. Ella también deseaba un poco de su boca. Tenía sed de sus labios, sed de su cuerpo, de todo el, quería oír su voz cerca de sus oídos. No había sentido eso nunca, pensaba en Frank y sin querer lo comparaba. No le gustaba, pero llegaba solo, para convencerla más de que nunca estuvo enamorada de Frank. Volvió a recordar a su tía. Sintió deseos de llamarla, contarle lo que le estaba pasando, pero no lo hiso, tenía miedo de que le confirmara lo que ella ya sabía. Estaba enamorada, el amor llego a su vida, mas no con la persona indicada. Heber era un hombre casado. Ella era una mujer divorciada, pero, muy respetuosa, de buenos principios, los valores que sus padres le habían inculcado aun después de tantos años, y aun con todos los cambios en la sociedad actual, estaban allí latentes. Jamás se hubiese involucrado con algún hombre comprometido.

Llego al estacionamiento de la feria, allí estaban ya la esperaban. Saludo a Samuel con un beso en la mejilla. Hiso lo mismo con Sara, a Heber no se atrevió darle un beso, solo le extendió la mano. Él le tomo la mano, se le acercó y tomo la iniciativa, le dio el un beso en la mejilla. Su acercamiento la enloquecía. Mair se sintió desmayar. Tuvo que disimular, sintió que su cara le quemaba. No se atrevió a mirarle, solo dijo un suave hola. Ella podía sentir que él le tenía su mirada clavada.

Sara había notado que algo estaba pasando entre su hermano y Mair. No había visto a su hermano tan entusiasmado desde hacía muchísimos años. Él había dejado de asistir a reuniones sociales y ahora acepto una simple salida a la feria. Noto una diferencia desde el primer día que le presento a Mair. No se hiso esperar y unos días antes del paseo a la feria, le pregunto algo a Heber. La alegría que brotaba de los ojos de su hermano cada vez que hablaban de su ex compañera de estudios la tenía llena de curiosidad.

"Heber, te noto un poco extraño ¿No me digas que te impactaste con Mair?" Le pregunto.

Él le afirmo, que hacía mucho tiempo que ninguna mujer le había llamado la atención, como lo hiso Mair. También le dijo, "No sé por qué tengo la leve impresión de haberla conocido antes."

Le hiso una confesión,

"Sé que no debería, pero me muero por volverla a ver, no me la he podido sacar de mi mente, es algo más fuerte que yo" continúo diciendo.

Sara amaba a su hermano. Era lo único que tenía como familia primaria, sus padres llevaban una vida muy ocupada y ambos planificaron tener solo dos niños. No importaba lo que fueran si niños o niñas solo tendrían dos. Pero la dicha los acompaño y tuvieron una hembrita y un barón. Heber le llevaba tres años de diferencia a Sara, pero, aun así, tuvieron una niñez sin diferencias. Cuando eran chicos jugaban y compartían todo juntos. Heber jugaba a las muñecas con Sara y ella hacia lo mismo con el cuándo jugaba a los carritos. Además de hermanos eran amigos y confidentes. Sara sabia cuanto había sufrido Heber con la desgracia que había causado. Muchas veces lo vio llorar, en silencio y apartado para que Ivana no lo viera. Nunca se quejo por haberse casado casi obligado. Vivía solo para Ivana, la complacía en todo. Ivana era feliz a su manera al saberse la esposa de Heber, pero no podía esconder sus resentimientos cuando veía otra mujer con su criatura en brazos. Cada vez que podía le decía a Heber "Cuanto diera por vivir esa misma experiencia de tener un hijo en mis brazos." Los primeros años después de que se casaron era casi un infierno, las peleas y discusiones no paraban. En muchas ocasiones ella sumergida en su depresión y su frustración de quedar estéril después del accidente le tiraba con objetos a Heber, destrozaba todo lo que tenia al paso, era como si le invadiera la locura.

Sara sufría mucho, sabia que su hermano no era feliz. Ivana no perdía tiempo en reprocharle el estar en una silla de ruedas para toda su vida y mas aun el hecho de no poder ser madre jamás. Sara era abogada y muchas veces al ver la angustia y la vida monótona, llena de culpas que llevaba su hermano, le preguntaba que por qué no le pedía el divorcio. Sara sabía que Heber estaba cautivo en una relación donde lejos de existir amor, solo existía una culpa, un cargo de conciencia que no lo dejaba tranquilo en ningún momento. A Sara no le parecía justo que el se condenará así mismo a una vida matrimonial por aquel horrible accidente. El sin embargo no veía el divorcio como una opción. Era un caballero aparte de que le había prometido a Ivana que nunca la abandonaría, también sentía que ese era el precio que debía pagar por su error de juventud. Sara también le insistía una y mil veces que no era su culpa. Según Sara el accidente fue una desgracia de esas que se presentan en la vida pero que eso no lo podía obligar a llevar una vida hostil e intolerable.

Ahora lo veía con un rostro lleno de expresión, con un aspecto de hombre enamorado. Mair logro sacarlo de la monotonía en la que estaba fundido. Solo hablaba de Mair cuando estaban juntos. La alegría había vuelto a nacer en él. Hasta llego a mencionar el divorcio. Eso sorprendió grandemente a Sara. Él le había prohibido hablar de divorcio y ahora era el quien lo mencionaba. Sara estaba sorprendida del cambio de su hermano, y aunque no apoyaba la idea de que hubiese alguna infidelidad, si, le alegro ver a su hermano feliz nuevamente, como en los años de su niñez cuando correteaban por toda la casa. Como en aquellos años cuando su afición por las motocicletas lo llenaba de euforia juvenil. Como era el antes de aquel fatídico accidente.

Después de tantos años había renacido la euforia en él. Pero una euforia diferente, una euforia más madura, una euforia que podía controlar por su adultez, pero por dentro revoloteaba como el corazón de un chiquillo cuando los padres le llevaban un juguete nuevo. Muchas veces, tuvo que pelear con el deseo de pedirle su teléfono a Sara, para conversar y saber más de ella. Sentía deseos de salir y encontrase con Mair, pero no quería ser imprudente. Era un hombre muy respetuoso, nunca le había dado motivos a Ivana para dudar de él. No quería causarle ningún disgusto a su esposa. Pero ese día, allí estaban frente a frente uno del otro, como lo había deseado, verla de nuevo era su gran deseo. Se le veía feliz, no podía resistirse al deseo de mirar cada movimiento y cada gesto de Mair. Le gustaba ver como movía sus manos cada vez que hablaba. Le encantaba su peculiar lenguaje corporal. Ella era diferente, única, lo enloquecía sin ella proponérselo. Caminaron un buen rato por la feria todos juntos. Samuel estaba feliz. Disfrutaba la feria como si hubiese vuelto a ser niño nuevamente. Mair lo observaba, gozaba al verle su cara de felicidad. Samuel le invitaba a disfrutar de los juegos y actividades de la feria. Mair se envolvió en la alegría de su hijo. Parecía que todos se hubiesen olvidado de sus vidas fuera de la feria. Sara disfrutaba con su esposo. De vez en cuando Heber lograba inquietar a Mair con su forma de mirarla. Fue un comentario que hiso el mismo Heber, que dejaría a Mair súper perturbada para el resto y después del paseo. Heber dijo:

"Díganme, ¿No fue maravillosa la idea de Samuel de venir a la feria, como cuando éramos chicos?"

Mair sonrió, "Ya veo que sí, con este día he vuelto a vivir los años de infancia de Samuel."

Heber la miro y le sonrió con ternura, y de paso comento

"A mí me trajo un viejo recuerdo de hace años, cuando a una hermosa chica se le cayó la flor de sus manos y yo la recogí del suelo, cuando la mire hubiese dado cualquier cosa por caminar al lado de ella, pero desafortunadamente estaba acompañada, no pude ser otra cosa, que apartarme rápidamente."

Mientras él contaba la historia Mair sentía que se le iba a paralizar el corazón.

Pensó...

"¿Sera que sería yo esa chica? ¿Sera que él es el chico que levanto mi clavel, cuando yo estaba con Frank? Creo que esto es demasiado para mí."

Entre tantos confundidos pensamientos, la gente, el ruido de los carruseles y tan inexplicable coincidencia, Mair se sintió desmayar. Se sujetó al brazo de Heber, que era el más cercano que estaba de ella. El la sintió, tensa, nerviosa, aturdida. Ella no supo más nada, al abrir los ojos nuevamente, se encontró en un auto que no era el de ella. Samuel estaba al lado de ella. Ella sonrojada de la vergüenza, dijo:

"¿Que me ha pasado?, ¿No me digan que le he dañado la tarde?" Samuel rápido quiso calmarla,

"No madre, nada de eso, solo perdiste el conocimiento e inmediatamente Heber te trajo en brazos a su auto, era el más cerca a la entrada."

Ella miro hacia su lado, allí estaba Heber, mirándola con una mirada que jamás ella había visto en otros ojos. Trato de salir del auto, el inmediatamente le tomo por el brazo,

"Mair, no tienes por qué apenarte, creo que fueron muchos recuerdos al mismo tiempo."

Ella se atrevió a mirarle fijamente, como buscando en él, aquel viejo recuerdo del cual él hablaba hacia un rato. Se quería ver en aquellos ojos, quería ser esa chica que le había causado tal impresión. Heber le sonrió, ella sintió que se desmayaba otra vez, al ver aquella hermosa sonrisa de Heber. Mair sintió que estaba enamorada por primera vez. No le hacía falta más explicación, a todo lo que sentía cada vez que se iba a encontrar con Heber. Ese hombre, era su descontrol, su emoción, se había convertido en el dueño de sus deseos carnales, de su pasión, de su lujuria, de su amor.

Todos insistían en llevarla a la sala de emergencia, Mair estaba segura de que lo que le había pasado no lo curaba ningún médico. Ella sabía que eso iba más allá de un diagnóstico clínico. Mair, no podía apartar de su mente que solo eran cosas del destino. El cual se había ensañado con ella. Le dijo que mejor se iba a casa. Que no dejaran la feria por ella. Abrió su cartera, saco la llave de su auto. Salió del carro de Heber,

"Sera mejor que me valla."

Heber dijo inmediatamente,

"¿Porque no dejas tu auto y me permites llevarte a tu casa? Así todos nos quedaremos más tranquilos, especialmente yo."

Samuel lo miro, diciendo

"No te preocupes Heber, en todo caso, yo la acompaño, solo tengo que llevar el auto a mi departamento y yo mismo la llevare a la casa." Mair, que ya tenía suficiente con todas las molestias que había causado, dijo:

"Sí, Samuel tiene razón Heber, el me acompañara." Ante la negativa de Mair, Heber no pudo ser otra cosa que atenerse a lo que hijo y madre decían. No sin antes rogarles

"Está bien no insistiré, solo con la condición de que Mair me dé su número de teléfono, para llamarle y saber que todo está bien." No habría que pedirle su teléfono a Sara, el mismo personalmente se lo pidió.

Mair abrió su cartera nuevamente y tomo un bolígrafo, una hoja de tomar nota y con una mano temblorosa escribió su número y se lo entrego a Heber. Sabía que estaba abriendo la puerta de la comunicación con Heber. Una vez que el tuviese el número de ella, ya no podría mantener una distancia entre ellos, ella sabía que él también se sentía atraído por ella. Lo podía percibir en sus ojos, en su forma de mirarla.

Esa noche Samuel pasó la noche con su madre. No se quiso apartar de ella ni un solo momento. Mair ya estaba compuesta. Era ya tarde en la noche, Mair y Samuel miraban una película. Se escuchó el teléfono fue Samuel el que contesto,

"¡Hola, Heber!" Logro escuchar Mair a Samuel al contestar el teléfono. Ella le hiso señas, como dejándole saber a Samuel, que le dijera que ella ya estaba bien. Mair, quería evitar lo más posible de volver a tener que hablar con él, aunque hubiese sido por teléfono. Su sola presencia, su voz, la hacían vibrar. Heber había despertado en Mair, el entumecimiento que tenía su alma, de sus deseos dormidos, sus ganas de vivir intensamente, la furia del verdadero amor. Su vientre se revolcaba cada vez que lo veía, que lo pensaba se sentía estremecer.

Miro a Samuel, se alegró cuando dijo,

"Sí, está muy bien, está descansando, le diré que llamaste."

Regreso donde Mair, y con ojos de travesura le pregunta,

"Te inquieta Heber ¿Verdad?"

Mair cambio su mirada de sus ojos, temía verse descubierta por su hijo.

"¡Mira irrespetuoso!" El la abraso,

"Yo no sé si yo soy irrespetuoso, pero creo que te gusta Heber."

La continúo abrasando, le dijo al oído

"Y me alegro de que te haigas enamorado, me encantaría verte feliz de nuevo." Mair no contesto, se levantó del sofá y solo dijo,

"Me retiro a mi cuarto."

Samuel, le beso la frente y al verla alejarse, respiro profundo y sonrió.

El próximo día Mair se sintió más apenada que el día anterior. Sabía que le debía una disculpa a Heber y a todos los demás. Pensaba como podría reparar la pérdida de ese grande y feliz día que estaban pasando antes de lo sucedido. Estaba consiente que por más que rehuyera a verse con Heber, parecía imposible evitarlo, una razón traía otra. Tres días más tarde, cuando llamo a Samuel, le informo que organizaría una velada en su casa. Quería de una forma u otra obsequiar a sus amigos en agradecimiento por lo bien que se habían portado con ella y además sería una forma de reparar el tiempo perdido en la feria. A Samuel le pareció fabuloso. Le respondió con alegría.

"¿Qué crees de celebrar el 4 de Julio aquí en tu casa? ¡Sería fantástico!"

"Me gusta la idea, excelente." Mair le dijo que prepararía todo y que luego se encargara él de invitarlos. Le ordeno a Samuel que le investigara cuando estarían todos disponibles para la velada. Samuel, tomo el teléfono y llamo a Sara. A los minutos de Samuel estar hablando con Sara, se pudo sentir que había llegado alguien a casa de Sara, era Heber. Ella le exclama a Heber,

"Qué momento más oportuno de llegar Heber, Mair nos acaba de invitar a una velada en su casa, ¿Qué tú crees? ¿Estarías disponible el próximo 4 de julio como a las 11:30 am?"

No hubo negativa, muy por el contrario, todos pensaron que sería una buena excusa para volver a ver a Mair, y ver que estaba bien. Heber, más que todos estaba feliz de que se presentara una oportunidad más, para volver a verla. Entonces no había nada de qué hablar dos semanas más tarde se reunirían en casa de Mair.

Llegaron al café más cercano. Mair, no sabía cómo empezar a contarle lo que le estaba pasando. La tía trato de ayudarla, la tomo por la barbilla y le levanto el rostro.

"Mi linda Mair se ha enamorado, y está asustada como un pajarito, que acaban de robarle su libertad y lo tienen en cautiverio."

Mair rompió a llorar, sabía que era un amor imposible, Heber se debía a su esposa. La señora Urbina le miro a los ojos fijamente. Y le dijo:

"Disfruta tu llanto, el llanto también es parte de ese sin fin de capacidades que tenemos los seres humanos, va junto con los sentimientos que somos capaces de expulsar, es parte de estar vivo."

Mair casi en desesperación le dijo:

"No sé qué hacer querida tía, esto me está quemando por dentro."

"Siento que en algún momento lo que siento por ese hombre se desembocara y ya no sé qué sería de mí.

Tengo la sensación de que, si pasase algo entre él y yo, no voy a querer a apartarme de el jamás." La tía la miraba con ojos de amor y ternura, la amaba como si fuese su hija. Mair era para ella la niña que la vida no le había dado. Le tomo sus manos sintió el frio de sus dedos.

"Tiemblas Mair, tiemblas de solo pensar en ese hombre."

Dijo mientras sonreía, luego la sonrisa se convirtió en risa, de la risa, salto a una carcajada.

"Mair, Mair, estas por fin enamorada, llego, te invadió el amor del que tanto te había hablado; no temas mi amor, vívelo."

"¡Tía, por favor no bromes, esto es muy serio!"

"Por lo serio es que te lo digo, mi Amor. Ese es el verdadero Amor."

Prosigue sin parar:

"El verdadero amor, el que no todos los seres humanos tenemos la oportunidad de sentir, el que confundimos con la pasión, con el gusto y con el querer."

"Te lo dije una vez mi niña, que el amor era otra cosa." Volvió y la abrazo con un sentimiento maternal, no podía ocultar la emoción de ver su sobrina que tanto amaba sentir el verdadero amor.

Y volviéndola abrasar replica

"Estas Amando mi niña, estas amando."

"Tía no has entendido, él es un hombre comprometido, yo una mujer divorciada."

"Sí, sé que es más serio de lo que yo hubiese querido, pero el amor es así, es atrevido y loco."

La Sra. Urbina sique platicando, pero se le pierde la vista en el horizonte, como si estuviera buscando en un baúl viejo, sus memorias pasadas. Le hecha el brazo a Mair, y la acerca a su hombro, como para que buscara refugio en ella.

"Si, Mair así es no tiene fronteras, no tiene tiempo ni espacio. Se esconde en lo más profundo de nuestro ser y brota y nos alborota. Y cuando lo sientes ya vives, sueñas, te imaginas, gozas de saberte amada por ese ser, que te ha tocado con el dulce placer de un sentimiento divino que te lleva a lugares donde nunca imaginaste llegar. Entonces te vez con esa persona al precio que sea. Entonces tu respiración ya no es la misma. Tu caminar no es el mismo, Tu ser es otro, y te preguntas ¿Quién es? Y no le encuentras explicación ni razón a nada, solo sientes y quieres. Si, Mair, eso es estar verdaderamente enamorada, eso es el Amor.

Oh ¿Acaso no es así lo que sientes?"

Mair solo lloraba en los brazos de su tía. Hubiese dado cualquier cosa por quedarse en su regazo y no salir jamás. Sentía miedo de lo que estaba sintiendo. Sabía que todo aquello era equivoco, sabía muy bien que iba a sufrir.

"¡Ay tía! No entiendo nada. Yo estaba muy tranquila, mi vida no tenía sobresaltos más que los que me da Samuel con sus locuras. Ahora siento que el mundo se me viene abajo, trato de evitarlo, trato de no pensar en ese hombre, pero me gana mi pensamiento. Me ganan mis instintos femeninos, me convierto en otra mujer que ni yo misma sabía que existía en mí."

La tía se mantiene en silencio quiere escucharla, quiere darle la oportunidad de sacar para afuera todo eso que la perturba que le inquieta.

"Siento que lo necesito, que necesito su olor, su sonrisa. Siento que necesito respirar su aliento, respirar con el…No, no tía. ¡Esto no me puede estar pasando a mí!" Exclama poniéndose las manos en la cabeza y zafándose abruptamente de los brazos de su tía.

"Mair, todo estará patas arriba, lo sé, pero hay cosas que nos tocan vivir en esta vida. Y estas viviendo uno de los dilemas más intenso y más complejos que trae la vida, el amor. Y ten en mente siempre esto, el hecho que estés divorciada de Frank no significa que estés muerta. ¿Te has visto el espejo Mair?, aun eres bella, te queda lozanía en tu piel, eres mujer, en algún momento podía pasar, y ese momento llego. Estas viva, mi amor y te falta experimentar, te falta vivir. La vida se vive hasta que ya no existimos. ¿Tú crees que solo te toca vivir el trabajo? ¿A tus hijos, o tus futuros nietos? que no creo que lo veas en tiempo cercano. No, Mair, tus emociones de ser humano no comenzaron en Salinas y terminaron con Frank. Lo justo fuera que te hubieras topado un viudo, un hombre sin compromiso, pero la vida se empeñó que fuese… ¿Cómo se llama, me dijiste, Eler?

La miro de reojo, y aclara "Heber, tía Heber"

"¡Oh! Tienes que ser fuerte hija porque esto apenas está empezando. Te toco a ti, y solo tú tienes que enfrentar ese llanto que te toque, esa rabia de no poder estar con ese que te tocara amar sin compromiso, porque por lo que veo ya lo estas amando Mair, ya lo estas amando." Continuaba hablando sin parar la señora Urbina, "Muchas veces sentirás celos de saberlo en brazos de su ya esposa. Y mil veces más, desearas no volver a verlo y un millón más morirás por verlo. Pelearas con tu conciencia, te preguntaras si estás haciendo lo correcto y no faltara el "¿Y porque a mí? Misterios del destino Mair, misterios del destino. En ti está el darle riendas al Amor o dejarlo pasar. Robarte la dicha de sentir el verdadero amor o vivir sin conocerlo. La decisión está en ti, mi hermosa sobrina."

Se volvieron abrazar. Mair sabía que lo que le escuchaba decir a su tía no era otra cosa que la verdad, pues dentro de ella sabía que ella deseaba a ese hombre. Ella sabía que sus deseos iban más allá de la razón y el entendimiento. Más allá de la moral y el respeto. Ella sabía que, si hubiese una remota posibilidad de verle de nuevo esa misma noche, ella saldría corriendo a encontrarse con él. La envolvía la locura, la desesperación de verlo otra vez, aunque fuese por un solo instante. Sintió deseos de marcharse, llamar y suspenderlo todo. No quería pensar más, su mente se sentía agotada. Tomo la llave del auto, pregunto por la cuenta. Ligeramente saco su tarjeta para pagar, se la entrego al mozo mientras le ordenaba que se la entregara a su tía, pues le urgía salir. Salió casi corriendo del lugar como el que está huyendo. Sentía que se ahogaba, necesitaba respirar.

Su tía la siguió, "¡Mair espera muchacha! No puedes perder el control de tus acciones.

Vamos a la casa, para que tomes un baño y te relajes, hoy ha sido un día muy agitado," dijo mientras se apoyaba en el brazo de Mair.

"Si creo que sí, creo que ha sido eso, mañana será otro día de trabajo y eso me ayudara a olvidar un poco." añadió Mair.

La semana se iba lenta, mientras Mair ansiosamente esperaba por ese día en que volvería a ver a Heber. Y por fin llegaba ese tan esperado 4 de Julio. Mair caminaba de un lado a otro. Colocaba una cosa en un lugar, la quitaba y casi sin darse cuenta la colocaba en el mismo lugar de donde la había removido. La tía la observaba, y sonreía. "Todo está perfecto Mair, tranquilízate. Si te sigues comportando de esa manera tu misma descubrirás tu secreto."

"¡Sh sh, Samuel acaba de llegar con los invitado tía." La tía suelta una carcajada diciendo al mismo tiempo, "Valla, valla que usted es la anfitriona, valla abrir la puerta."

Mair le pidió que la acompañara, y ella acepto. Cuando Mair se paró frente a la puerta arreglo ligeramente su vestido y sus cabellos, no pudo contener sentirse nerviosa. El primero en entrar fue Samuel

"Pasen, pasen vamos a ver como esta la mujer que me hiso pasar el susto mas grande de mi vida." Mair le dan un leve pellizco en su hombro izquierdo, y pasa a darle la bienvenida a Sara y demás invitados. Heber fue el ultimo en entrar. La miro tiernamente, llevaba un ramo de flores en sus manos acompañado de una botella de vino. Solo dijo "Me tome el atrevimiento de traer este obsequio como una forma de agradecimiento por la invitación a tu casa Mair, me dicen que los claveles son tus predilectos. Y no podría

dejar de traerle algo a tan galante y muy amada dama, la
señora Urbina, la cual me cuentan que es muy conocedora
del buen vino." Lo primero que hiso fue extenderle la
botella de vino a la señora Urbina. Para luego mirarse en
los ojos de Mair mientras le entregaba el ramo de flores.
Ella extendió sus manos, sintió la firmeza de sus brazos y
el sintió la suavidad de su piel. Ambos se estremecieron;
se sintieron podían adivinar sus pensamientos. Se miraron
fijamente, nuevamente como lo hicieron aquel día en la
feria, cuando ella logro repararse del desmayo. Pareció que
por un instante todo se paralizara y solo estaban ellos dos
en aquella sala. La voz de Samuel los trajo a la realidad.
Samuel noto algo raro en su madre, y a manera de que más
nadie lo notara al igual que él, solo dijo "Vamos, vamos
que los invitados van a pensar que los han dejado afuera."
La tía entendiendo la reacción de Samuel, se unió a él como
haciéndose cómplice de lo que estaba pasando. Ya era tarde
todos habían notado que algo le estaba pasando a Heber
con Mair, y que a Mair no le era indiferente. Pero si logro
que Heber y Mair dejaran de mirarse de la forma que lo
hacían. No querían llamar la atención era que la atracción
le ganaba la partida.

Mair camino delante de ellos, les dirigía hacia la sala
de estar. Todos hablaban al mismo tiempo alagaban la casa
de Mair, su buen gusto para la decoración de su casa. La tía
mientras tanto observaba a Heber y a Mair. Ella no era fácil
de sorprender, había vivido demasiado para que las cosas de
la vida la tomaran desprevenida, pero no podía negar que
le sorprendió la gran atracción que destilaba de los ojos de
Mair y Heber. Se quemaban con sus miradas, aunque hacían
todo lo posible por disimularlo, Heber era un hombre muy
educado y no salía con frases fuera de contexto. Solo hacia
comentarios de cortesía, pero sin salirse del límite. Aunque
su deseo fuese gritar lo que ya sentía por Mair, mantenía su

cordura. Mair ni hablar, era tanto lo que quería disimular que lejos de ayudarla, la inquietud que Heber provocaba en ella la delataba.

El ambiente se sentía muy acogedor. Hablaban del gran susto que habían pasado el día de la feria con Mair. Ella penosamente se disculpaba. Después de un rato ya el evento de la feria era parte del pasado. Se divertían, conversando y recordando viejos tiempo. Sara recordaba lo hazañas de su hermano cuando era chico y en su adolescencia. Mair recordaba las travesuras de Samuel. Sara y ella compartían sus historias en la Universidad. Mientras tanto Simón el esposo de Sara, conversaba con la tía Urbina. Se escuchaban sus risas, mientras de vez en cuando las miradas de Mair y Heber chocaban, unas con la otra. Mair cambiaba rápidamente la Mirada. No quería que por nada descubrieran sus sentimientos hacia Heber. El no podía contener que su mirada se perdiera en ella, en cada gesto, en cada sonrisa, en cada movimiento. Por ratos cambiaba la vista como para descansar del embeleso que le provocaba Mair, pero era más fuerte que él, cuando menos se lo pensaba allí estaba viviéndola, enamorado y sin poder decírselo. Era como si estuviera peleado con el mismo, tenía muy claro su condición de hombre casado. Tenía una pelea constante entre la moral y lo que sentía por Mair. Pero sus sentimientos hacia Mair lo estaban haciendo caer en un laberinto difícil de salir. Muchas veces se encontró buscándola entre la gente. Muchas más veces se la encontraba en sus sueños. Despertaba y se abrazaba a Ivana, como queriendo sacar a Mair de su mente, de su ser. No verla como la veía, no la quería pensar como la pensaba, no la quería desear como la deseaba. La fidelidad de el hacía Ivana, para él era importante, su honestidad y el hacerla feliz era su mayor prioridad. Su culpabilidad no lo dejaba pensar de otra forma. Sabía que por su culpa Ivana había perdido demasiado. Había perdido la función de sus piernas, pero más aún había perdido el derecho de ser madre.

Fueron muchas las veces en las que se cuestionaba "¿Porque la tuve que conocer? o tal vez "Porque no te pude conocer antes si estabas tan cerca de mí." Refiriéndose a que Mair, fue compañera de estudio de Sara. Pero la vida es así, la vida tiene sus trampas. Y esa era una de ellas. Estaba casado con Ivana, le debía un respeto. Tenía un deber, un compromiso una promesa que juro nunca romper. Tal vez no era el mejor matrimonio del mundo, pues los reproches de Ivana hacían que muchas veces él se sintiera hastiado, pero hasta ese momento había llevado un matrimonio estable, sin resaltos para Ivana y sin infidelidades.

El día ya cerraba su esplendor, se empezaba a ver la caída del sol. Se veía ya el atardecer, que llegaba con brisa suave. Una acariciante tarde de verano. Fue Sara la que dio la señal de que se acercaba la hora de retirarse, la hora de la despedida de un día maravilloso, en buena compañía. Mair no podía engañarse a sí misma, aunque no quería volverlo a ver al mismo tiempo no quería que aquel día terminara. Y Heber, que no hubiese dado o que no hubiera hecho para detener el tiempo. La necesitaba, la deseaba, todo de ella lo enloquecía. No se contuvo, y mientras los demás salían a sus respectivos autos él se quedó un poco atrás y le dijo "Mair aquí tienes mi tarjeta para cualquier cosa, sabes que cuentas conmigo, por favor no te intimides, yo estaré esperando tu llamada cuando quieras y en cualquier momento." "Gracia Heber, lo tomare en consideración, aunque no quisiera causar molestias y mucho menos algún problema." El la miro entendiendo perfectamente lo que ella quería decir. La miro suavemente, con esa mirada que la cautivaba, que la enloquecía. Dijo en voz más baja, "Mair quisiera saber cómo sigues sigo insistiendo que deberías visitar al médico general."

Era verdad, estaba preocupado por su repentino desmayo al mismo tiempo de que se moría por hablarle, escuchar su dulce voz. Mair titubeo, pero al mismo tiempo acepto, la tarjeta. El prosiguió sin importarle que pudiesen pensar los demás "O si prefieres yo te pudo llamar a ti, después de todo soy médico ¿A qué hora estarías disponible?" Perturbada y sonriendo muy ligeramente dijo "Después de las siete estaría bien."

El aroma del café, la despertó. Mair siempre tenía por costumbre programar la cafetera eléctrica, para que encendiera automáticamente a las seis de la mañana y que se prepare él café. Ese era su despertador, le encantaba sentir el aroma del café fresco en la mañana alrededor de la casa. Abrió sus ojos, miro hacia arriba y un rayito de sol se asomaba por ventana. sintió una sensación de alegría. Abraso la almohada, de su ser salió un suspiro. Su primer pensamiento se lo regalo a Heber. Ya hacían ocho meses, que batallaba con ese sentimiento. Sabia que Heber le pasaba lo mismo. Mair tomo por costumbre salir junto con Sara y su esposo. Ya se había hecho una costumbre por las tardes tomar café juntos. Hablaban de las cosas cotidianas, del trabajo, de la galería de Samuel. Apoyaban a Samuel en sus exposiciones. El rencuentro en aquella tarde de Mair y Sara cuando Samuel iba a rentar el estudio permitió que ambas se solidarizasen más y su amistad llegara a otro nivel de hermandad.

Se llamaban constantemente, salían de compras y hasta se visitaban con frecuencia. Sara no tenía hermanas su único hermano era Heber. Mair tampoco tuvo mas hermanas y sus hermanos se habían mudado a los estados unidos. Ambas se compenetraron en una relación de mutua confianza y hermandad. Mas sin embargo Mair jamás le comentaba de sus sentimientos hacia su hermano. Sara por su parte también mantenía discreción, aunque contrario a Mair, su hermano Heber si le había compartido sus sentimientos hacia Mair.

Heber también, habían tomado la costumbre de llamarla todos los jueves a las siete y media de la noche. La conversación era amena, reían mucho. Cuando Mair contestaba la llamada se identificaba como su doctor de cabecera. Hablaban, de todo menos del sentimiento que los invadía a ambos. El solo se conformaba con escuchar su voz. Ella de igual manera, ya necesitaba esa acostumbrada llamada. Sabían que no estaba bien, esa aproximación. Ambos mantenían una distancia, como poniendo una barrera a ese sentimiento que había nacido en ellos. Mair, llego a pensar en pedirle que no le llamara más. Pero el deseo de tan siquiera escucharlo la traicionaba, y en cada llamada que recibía tan pronto colgaba el teléfono, ya estaba extrañando su llamada y deseando en lo mas intimo de su ser que llegara el próximo jueves, para recibir su tan ansiada llamada.

No se habían vuelto a ver en persona desde aquel día en casa de Mair. Fue una tarde que fue a visitar a Samuel a la galería que se llevaría a cabo la próxima vez que se viesen. Mair estaba conversando con Samuel y de repente se escucha la campana de la puerta anunciando que alguien entro. Era Heber, que también paso a saludar a Samuel y ha ver si estaba todo en orden en la galería. Mair sintió la agitación de su respiración y su corazón se aceleró. Quiso disimular su asombro, pero por el contrario la reacción la delato "Heber, ¡Qué sorpresa!" Heber respondió, "Veo que te he sorprendido, Mair" "No, no eh, no ha sido eso, es que casi no vengo por aquí, y encontrarte me…me." No encontró palabras para explicar. Él le tomo la mano, "No digas nada, yo también me alegro de haberte encontrado." La verdad fue pura coincidencia porque él no estaba acostumbrado a pasar por la galería. El veía a Samuel con frecuencia pues sus visitas a su sobrino eran casi diarias. La invito a un café.

Mair miro a Samuel, quien, al notarla tan nerviosa, le sonrió diciendo, "¡Ah! ¿Entonces quiere decir que me quieres robar a mi madre Heber?" Mair pensó que se iba a volver a desmayar, eso sería algo horrible. Lo que sentía era algo fuera de este mundo. No pudo negarse, fue algo más fuerte que su razón, acepto la invitación. Le dijo que iría a buscar el auto, pero el insistió en que no era necesario, el manejaría. De Mair solo salió un silencioso suspiro. El saberse junto a él la perturbaba grandemente. Samuel le dijo, como queriendo darle ánimo, para que no se sintiera desatinada "Tranquila madre estarás en buenas manos." Mas no era por desatino, era el saberse tan cerca de él, la enloquecía. Su aproximación, su cercanía, el aroma de su perfume. Era tan varonil, tan excitante que invitaba a abrazarlo a apretarse junto a él. Ella sabía que, aunque él nunca le había hecho ninguna insinuación, ella también despertaba en el sentimiento que los podría llevar a cometer una locura. No podía permitir darle rienda suelta a lo que ella sabía muy bien traería mucho dolor y complicación a sus vidas. Prefería amarlo en silencio, desearlo, vivirlo a distancia y en secreto. Ir a tomar un café seria abrir una puerta que ella nunca se atrevió tocar.

Heber fue en busca del auto. Mair miro a Samuel y le dijo "Hijo por favor yo no debería ir con Heber, él es un hombre casado." Él le tomo la mejilla "Te entiendo madre, le temes mucho a lo que pueda decir la gente, pero tranquila es solo un café." Samuel le volvió a tomar la mejilla y dándole un beso le dice "¡Disfruta!, Madre disfruta que la vida es una, no estás haciendo nada incorrecto." Mair se sintió atrapada ya no podía dar marcha atrás, ya había aceptado la invitación, llevada por lo que sentía por él. Ahora estaba allí, preguntándose así misma "¿Por que habría aceptado la invitación?"

Heber entro nuevamente a buscarla

"¿Lista Mair?"

Al mirarlo se sonrió traviesamente como si lo hubiese ello con ella misma y pensó "Por eso" y dijo con voz suave

"Si Heber estoy lista."

En el camino, ninguno pronuncio palabra alguna. Heber encendió el radio como queriendo romper el silencio que había entre ellos. No entendían nada si hacían unos cuantos segundos él hablaba con naturalidad. ¿Sería que Heber se sentía culpable de sus sentimientos? Mair por su parte pensaba hacia donde le conduciría ese "Estoy lista" ¿Hasta donde les iba a llevar eso que sentían? No quería ser parte de un idilio prohibido. No quería ser la razón de un divorcio. Ya ella había sido víctima de una tercera persona que la llevo a un fracaso. No, no debió de haber aceptado. Se escuchaba una hermosa melodía en la radio. Una melodía que parecía interpretar el silencio de Heber. Ella rompió el silencio y trato de emendar el error, quiso escapar de lo que sabía estaba a punto de pasar si ella no reaccionaba a tiempo. Sin quitar su mirada del camino le pidió que detuviera el auto y le dijo. "Creo que no es correcto Heber." El la miro él sabía que ella tenía razón. Una lágrima corría por el rostro de Mair. Una atrevida y suave lagrima que se asomó a sus ojos sin tan siquiera pedir permiso. Él le tomo sus manos tímidamente, "Si Mair tienes razón, no debí invitarte, excúsame, pero que hago con esto que siento, que me ahoga que me delata."

"Me muero por llamarte, quisiera interrumpir la llamada y salir corriendo a buscarte." Ella lo miro a los ojos aun sabiendo que no debía. Él le limpio su rostro pálido, que ya no le rodaba una lágrima sino un mar de lágrimas. Un llanto mudo de angustia de culpabilidad. "No llores por favor, eso no me lo perdonaría jamás, no quiero hacerte daño, a ti no por favor, a ti no." Volvió el silencio no se escuchaba nada alrededor, solo la respiración de los dos. Se paralizo todo, el trafico el ruido en la calle. Sus vidas se paralizaron en aquel lugar. Sintieron deseos de devorarse a besos. Mair no podía permitirlo, "Sera mejor que tome un taxi." Intento bajarse del auto en la tomo suavemente por el brazo "No te vallas, por favor." Como decirle que no, como si ella también deseaba estar allí con él. Era débil, estaba indefensa no tenía con que pelear aquella prohibida emoción de estar a su lado.

Se dejó llevar, él la tomo por la parte de atrás del cuello y la iba acercando hacia él. Ella trato de resistírsele, pero no podía, era como si se estuviera ahogando y el mismo mar la llevara a la orilla. No pudo más su cercanía, su olor, su aliento la llevaban más hacia él. "Mair, mi Mair." Miró sus labios sedientos, Mair cerraba los ojos y el cayo en su boca. Se besaban muy suavemente, se sentía respirar el mismo aire, sentían la misma emoción. Mientras el susurraba entre beso y beso "Mair lo que yo estoy sintiendo va más allá de mí, de mi respcto, dc mi juramento a Ivana, de la fidelidad que le debo a ella, la fidelidad que me debo a mi mismo; no puedo más pelear con lo que siento. Es más fuerte que yo, y no puedo vencerlo, esto que siento dentro me está quemando, que me desgarra las venas cuando te miro y no puedo tocarte, sentir tu tibieza, me ahogo de ganas de tenerte entre mis brazos, de besarte, de amarte, de hacerte mía una y otra vez, hasta quedarme sin fuerzas. Tú enloqueces mis deseos varoniles, tú me has vencido, Mair…Quiero tu amor."

Ella se estremecía por dentro mientras él le decía esas palabras. También lo deseaba tanto como el a ella. Hubiese querido olvidarse de principios y de morales y entregar su amor a manos llenas. Hacía tiempo había descubierto que por primera vez estaba enamorada, aunque no se lo había admitido a su tía. Ella descubrió por si misma que el amor era otra cosa diferente a lo que alguna vez sintió por Frank. Mair entre sollozos le decía que no estaba preparada para ser su amante. No podía, no debía. Ella sabía que una vez no iba a ser suficiente. Lo que ella estaba sintiendo no era cosa de una vez. Ella lo amaba, lo quería para ella, o era totalmente suyo o renunciaba a él. Más sabía muy bien su situación, que él tenía una promesa la cual no estaba dispuesto a romper y que ella tampoco estaba dispuesta a ser la causante de un conflicto entre su esposa y el. Sabía que él en ese momento se estaba dejando llevar por el amor que ambos sentían, pero alguien debía mantener la cordura. "Heber por favor no lo hagamos más difícil, mejor dejemos esto hasta aquí." Lo alejo suavemente. "Sera mejor que regrese a buscar el auto donde Samuel por favor." Le dijo en son de súplica, sabía que no tendría fuerza para una negativa y que si no lo hacía en ese preciso instante, terminaría entregándosele en un cuarto de hotel.

El reacciono y trato de componerse de la pasión que corría por todo su cuerpo en ese momento. Le volvió a pedir escusas por haberse dejado llevar por lo que sentía. No tenía ningún derecho a exponer a Mair. Sintió vergüenza "No pude contenerme, este deseo me traiciona, Mair." Ella le dijo que era mejor que no se volvieran a ver por el bien de los dos y por el bien de todos. "Entiendo, pero por favor déjame llevarte a tu auto, no me perdonaría dejarte sola." Ella contesto. "No, estaré bien, no es tu culpa sino la mía, no debí aceptar la invitación, además me haría bien caminar un poco." Era solo una excusa para que el no insistiera. "Te suplico no me llames más" Se bajó del auto y hecho a caminar. Mientras él se sentía el hombre más miserable de la tierra por no poder convencerla para que fuera el mismo que la llevara donde la había el recogido.

Por ese Palpitar
(Sandro)

Por ese palpitar que tiene tu mirar
yo puedo presentir que tú debes sufrir,
igual que sufro yo por esta situación
que nubla la razón sin permitir pensar.

En que ha de concluir el drama singular
que existe entre los dos tratando simular
tan solo una amistad mientras en realidad
se agita la pasión, que muerde el corazón
y que me obliga a callar....

Eran días de angustia para Heber, Mair le había prohibido llamarla. Quería respetar su decisión, debía respetar la decisión de Mair. Muchas veces tomo el teléfono para marcarle, pero recordaba sus palabras una y otra vez. En una ocasión que fue a visitar a Sara y solo se encontró a su cuñado Simón, Heber se notaba angustiado. Simón le invito a tomar algo. El eligió una copa de vino. Su cuñado era un hombre de poco hablar, pero le tenía mucho respeto y estimación a Heber. También compartía la opinión de que no debió casarse con Ivana por un sentimiento de culpabilidad. Mas nunca opinó ni le preguntaba nada de su infeliz matrimonio. Aun con su esposa Sara mantenía su discreción cuando le comentaba su tristeza de saber que su hermano vivía en un matrimonio obligado. Pensaba que era un tema muy delicado y que solo a ellos dos le incumbía. No se sentía con el derecho de opinar por algo tan privado como una relación donde solo dos personas debían tomar una decisión. El también era abogado y estaba acostumbrado a divorciar parejas, y sabía que en esos casos siempre se perjudicaban los dos y muchas veces uno sufría mas que el otro.

Mas en ese momento no pudo contenerse al ver el rostro de Heber. Por primera vez o mas que nunca se le notaba la infelicidad, la angustia o tal vez el cargo de conciencia. Simón pudo leer en el rostro de Heber su desolación y su turbación. Como el niño cuando a cometido una travesura y teme que lo descubran. Le extendió la copa de vino. Se sentó frente a frente a él. Le miró como queriendo confirmar lo que ya había sospechado. Heber pregunto por Sara, "Necesito hablarle ¿Tardara mucho?" Simón volvió a mirarle, preguntando "¿Algún problema Heber? ¿Te puedo ayudar en algo?" Parece que estaba ansioso por escuchar esas palabras de confianza, estaba angustiado, estaba enamorado y no debía estarlo. Hecho su cabeza hacia atrás del sofá, cerro sus ojos y dijo:

"Creo que me voy a volver loco Simón." "No puedo dejar de pensarla." No se que hacer, me gana la desesperación de verla. "Hablas de Mair, ¿Verdad?" "Si, Simón, me he enamorado perdidamente de ella". "¿Y que piensa ha ser?" "Ese es el problema que no se que hacer, no quiero hacerle daño a Ivana, ni a ella, no digo ni a mí porque ya yo me hice daño a mí mismo, ya yo estoy condenado." "¿Has pensado en hablar honestamente con Ivana, tal vez sería lo mejor?" Heber lo miró y con voz temblorosa añadió, "¿Con que coraje haría una cosa así Simon? por mi culpa Ivana está en una silla de ruedas, más aún a perdido más que yo, con aquel fatídico accidente que yo mismo provoque."

"Sé que sería difícil tanto para ella como para ti, pero a veces no podemos ir en contra de nuestros sentimientos y en muchas ocasiones el amor se muda sin avisar, por tanto es mejor sincerarte a tiempo; a vivir en un mundo de mentiras y resaltos, por eso, insisto que deberías hablar con Ivana." "Me confieso cobarde por no tener el valor de decirle." Simón miró hacia la ventana, y respondiendo le dijo: "Somos arquitectos de nuestro propio destino y debemos ser capaces de enmendar cualquier error cometido, y tal vez fue un error casarte con Ivana, y ahora que el amor llega, estas maní atado." Heber bajó la cabeza, "La deseo tanto, necesito todo de ella, Mair se ha convertido en todo lo que quiero en la vida." Simón continuaba mirando por la ventana y como si se le saliera un pensamiento vano le advirtió "Eso se nota a leguas que ambos están enamorados, por eso mi estimado cuñado creo que aún estás a tiempo de hacer las cosas como se deben, no valla hacer que se le escape el amor de sus manos, porque no creo que Mair sea una mujer que se conforme con solo ser una amante." Heber tomo un sorbo de su copa y afirmando con la cabeza contesto "No Simón, ella no es una mujer para convertirla en amante, ella se hace respetar demasiado, y yo que soy un canalla, me he dejado llevar por mis instintos y la he besado y ahora me ha prohibido llamarle y estoy desesperado por verla, hablarle, besarle hacerla mía de una vez por todas." Simón con voz de insistencia añadió: "Bueno tú tienes tu destino en tus manos, no juegues con él, tanto tu hermana como yo te queremos ver feliz y si Mair es tu felicidad deberías de comenzar a considerar un divorcio a tiempo."

Mientras tanto, ¿Qué pasaría con Mair después de aquel día? Dejo de visitar a Samuel a su galería. Dejo de llamar a Sara con tanta frecuencia como lo había hecho desde que se volvió a encontrar con ella. No quería tener excusas para preguntar por Heber ni siquiera por cortesía. Su tía que era su confianza, preocupada le llamaba con frecuencia para saber cómo estaba. Sabia por lo que Mair estaba pasando y lejos de conversar con ella como usualmente lo hacía mantenía distancia en sus palabras. No hablaba lo que no le preguntaban, no hacía irónicos comentarios. Le quería demostrar a Mair, que estaba con ella para apoyarle y escucharle. Su sobrina Mair estaba pasando un momento crucial en su vida. Le huía al amor se resistía a ser amante del hombre que había llenado su vida sin tan siquiera tocarla.

Visitaba a Samuel a su departamento. Allí Samuel le interrogo. Primero le pregunto si Heber le había hecho sentir incomoda o si sintió ofendida en su salida al café. Insistía en saber cuál fue la razón que le llevo poner distancia entre los dos. Le dejo saber que Heber pasaba con frecuencia y no paraba de preguntar por ella. Mair se dio cuenta que no valía la pena ocultarle la verdad a Samuel, aparte que no se perdonaría si el pensara algo equivocado de él. No fuese justo que Heber cargara con una culpa que no solo era de él. Si hubiera que buscar un culpable en esa situación, ella también se confesaría culpable. Ella también estaba deseando verlo, mirarse en sus ojos, tocarle, sentir ese tibio beso que callo en su boca en aquel día. Ella también estaba enamorada de Heber.

Se sinceró con Samuel, por primera vez le habría su corazón, por primera vez tenía que confesarle que estaba enamorada de otro hombre que no era su padre. Sintió vergüenza, pero se sintió en el deber de decirle. Le confeso su amor por Heber. Samuel no le sorprendió la confesión hacia tiempo ya había descubierto que su madre se inquietaba cada vez que lo tenía cerca. Que el rostro de su madre había tenido una trasformación. Se notaba más lozana, más fresca más Mair. En parte no era de mucho agrado para el que fuese de Heber, sabia que era un hombre casado y no quería que su madre sufriera. Pero al mismo tiempo aun en su joven vivencia sabía que el amor llegaba en circunstancia inexplicable. Él no tenía novia, pero siempre que le preguntaban si había llegado el amor, el respondía velozmente, "Soy afortunado aún no se lo que es eso." Mair pensaba que le había afectado tanto el divorcio de sus padres que lo dejaron marcado para el resto de su vida. En ocasiones quería tomar el tema, pero Samuel no se lo permitía. Solo decía que él era feliz con sus pinturas y que no creía que hubiera mejor afecto que el que sentía por sus obras. "Con ellas no tengo problemas, si me peleo con ellas, no contestan y si me fastidian no tengo que pasar por un divorcio." Reía y se alejaba del lugar. La tía que no se le escapaba una o al menos así pensaba, le cuestionó a Mair las preferencias sexuales de Samuel. Mair prefirió no decir nada era su vida privada y en total no tenía nada extraño que su hijo aun no tuviese novia.

Los días pasaban y Mair no podía olvidar a Heber. Visitaba amistades nuevas, como para cambiar de ambiente. Se reintegró a la vida social con antiguas amistades. Vida que había abandonado una vez que se divorció de Frank. Visitaba con mucha más frecuencia a sus padres en Salinas. Quería olvidar a Heber, quería olvidar su olor, su sonrisa su rose, quería olvidar todo lo que le recordara a él. Nada le era suficiente, Heber no se apartaba ni un minuto de su mente. Heber vivía en ella, en su caminar, en su suspirar, en sus deseos... En su vida.

Tomo una drástica decisión, se marcharía del país. Dejaría su hermosa isla, el encanto de un país tropical, y sus recuerdos atrás. Llamo a Samuel, le dejo saber sus planes. Samuel nunca se había separado de su madre. Inclusive rechazo una jugosa oportunidad de estudia en los estados unidos por no alejarse de Mair. Amaba a su madre y le encantaba estar cerca de ella. Llamarle cada día, invitarla a salir juntos y hacerla participe de todos sus proyectos. Ella era su todo, su más fiel admiradora. La noticia lo tomo por sorpresa. Mair esta vez no titubeo en decirle las razones que le hicieron tomar esa decisión. Después de escucharla detenidamente dijo "Te entiendo madre, pero no lo acepto." Abrasándola le dijo como si nunca hubiera crecido "Me vas a hacer mucha falta madre." "Yo también a ti mi hijo, será solo un tiempo, creo que lo necesito y será lo mejor." "Talvez así madures una vez y por todas." Sonriendo agrego ella.

El mismo Samuel la llevo al aeropuerto. Mair tomo su cartera y bajo del auto. Samuel abrió el baúl para sacar su equipaje. Ella le dijo "Hijo yo estaré bien, más bien procura tú de estarlo también, y no olvides de visitar a la tía de vez en cuando." El la abraso fuertemente y le daba besos una y otra vez. "Si madre yo también estaré bien, sabiendo que tu también lo estas." Mair camino se dirigió a uno de los maleteros, le dio unos dólares y camino delante de él. "Las despedidas siempre son triste, ¿No señora?" Comento el hombre al ver los ojos de Mair llenos de lágrimas. "Si, muy triste, es mi hijo lo voy a extrañar mucho." El hombre no sabía que magnitud tenían esas palabras para Mair. El hombre no sabía lo que Mair dejaba atrás. Dejaba su vida, dejaba el amor.

Mair ya se encontraba en la fila para checar su equipaje. Solo llevaba una maleta, un maletín de mano y su cartera. Miraba para todos lados, como si por instinto buscara a alguien. Ese alguien que había dejado atrás, ese alguien que jamás volvería a ver. Ese hombre que quería arrancar de su mente. Ese hombre que sin tocarla la había hecho sentir emociones nuevas para ella. Cerro sus ojos, hubiese querido salir corriendo e ir a buscarlo, ella sabía que donde quiera que él estuviese le estaba esperando. Solo bastaría una llamada y estuviesen amándose. Pero no, Mair no lo permitiría, jamás lo aceptaría, prefirió sacrificar lo que sentía. Ahora estaba allí buscándolo inconsientemente, ansiosamente con la mirada. Se lo imaginaba entrando por la misma puerta que ella entro. Sacudió su cabeza pensó que estaba delirando.

Cuando llego a la sala donde debía esperar la salida de su vuelo ya estaba retrasada. Ya habían llamado a los de primera clase. Se acercó apresurada a la información, no quería tener ninguna excusa de no poder viajar esa noche. Rápidamente le explico al asistente que ella era una de las pasajeras que viajaría en ese vuelo. El asistente le tomo el boleto de avión y después de revisarlo le ordeno a abordar inmediatamente, ya habían anunciado la salida del vuelo varias veces.

Mair camino tan rápidamente que hasta sintió vergüenza, parecía que estaba huyendo. Y si estaba huyendo de su destino. Disculpándose con todo el que se tropezaba y buscando el número del asiento asignado para ella. Despistadamente llego hasta donde un hombre que estaba muy concentrado leyendo el periódico. El hombre ignoro completamente a la persona que se había aproximado. Mair, continuaba mirando hacia arriba abrió la cajuela para poner su maletín de mano adentro, tiene la cartera, los espejuelos que usaba para leer en las manos. El hombre aparto la vista del periódico un poco abrumado, y se dispone a ayudarla, "¡Mair!" Exclamo cuando la vio. Mair aún no se había percatado quien sería su compañero de viaje, dio un salto y con él un muy bien disimulado grito "Heber, ¿pero ¿qué haces aquí? ¿Dios mío que es esto?" De la impresión se le caen los espejuelos al piso, trato de recogerlos, al mismo tiempo Heber toma el maletín que apenas pudo sostener en el aire. Mair no podía creer lo que estaba viendo. Heber estaba allí frente de ella y con la misma sorpresa en los ojos que ella. Entre emoción y sorpresa sin saber cómo, encontró sus lentes debajo de sus pies, se habían quebrado. Ambos al mismo tiempo se bajan a recogerlos. Mair quedo con una mitad en las manos y Heber con la otra mitad. Rieron como dos locos, se abrasaban llenos de confusión, no entendían y tampoco querían entender nada. Estaban allí juntos, y en ese momento más nada importaba. Se besaron, los despertó el aplauso de los demás pasajeros. Mair estaba sonrojada. La asistente de vuelo pedía que todos se mantuviera en sus asientos. Ya era hora de alzar vuelo. Mair pareció escuchar a Samuel cuando aquella vez le dijo "Es solo una café madre" ella sabía muy bien que aquel no era un simple café, ella sabía que entre Heber y ella había algo sobre natural, que ella no sabía explicar. Esto que estaba pasando allí, era también una vez, pero esta vez ella se dispuso a no pelear con su destino; he inmediatamente se rindió a disfrutar lo que le tocaba disfrutar. Ya había peleado demasiado con lo que sentía, ya había procurado mantener distancia entre los dos. Aun así, él estaba allí, mirándola con su mirada enloquecedora. "Mañana será otro día, para pensar, ahora no, ahora solo quiero vivir." Pensó.

Pasaron todo el viaje conversando. Platicaban de lo mucho que se extrañaron en esos días que tuvieron distantes. Se tomaban las manos. Se acariciaban como si fueran solo ellos en ese vuelo. De vez en cuando Mair sonrojaba nuevamente, cuando se daba cuenta que alguien los miraba. Heber pregunto "¿Dónde te piensas hospedar Mair?" Mair lo miro, y añadió "Aun no he hecho reservación, pues mi hermano me recibirá en su casa mientras alquilo departamento." Como si no hubiera escuchado bien Heber pregunto "¿Me quieres decir que huías de mí?" Reían a dúo, mientras ella le tomo su cara entre sus manos y le acertaba con la cabeza. Ella reacciono y le pregunto "¿Y tú a que se debe tu viaje, no me digas que también huías?" "No, jamás huiría de ti, voy a participar en una cirugía que va a recibir uno de mis pacientes que se trasladó a estados unidos a recibir tratamiento."

Al aterrizar el avión Heber la invito a cenar al día siguiente. Mair no se negó, a las 5:00 de la tarde ya Mair estaba lista para encontrarse con Heber. Él se ofreció a buscarla, pero ella insistió en que tomaría un taxi. No quería que su hermano se diera cuenta de la verdadera razón por la que había decidido dejar Puerto Rico. Mair era muy discreta y sus hermanos muy conservadores. Sería una vergüenza para ellos y más aun sabiendo que era un hombre casado. Prefirió mejor guardar el secreto.

Llego al acogedor restaurante, miraba a los lados buscando a su amado. Heber la alcanzo a ver y camino hacia ella. Le ayudo a quitarse el ligero abrigo, la tomo por la cintura, le beso en la mejilla y caminaron hacia la mesa. Mair se sentía en el aire, sentía que aún no había bajado del avión. Estaba flotando en las nubes era como un sueño del que sabía que tarde o temprano iba a despertar. No le importaba estaba decidida a robarle un pedacito de felicidad a la vida. Si estaba escrito que ella y Heber se amarían no podía pelear con ello. Y allí estaba a merced de lo que fuese, de lo que seria.

Mientras cenaba se podía escuchar una bella melodía. No podían negarse uno a otro. No podían negar que estaban enamorados. Se hablaban con la mirada. Sus bocas se llamaban. Sus cuerpos estaban ardientes. Heber sabía lo que ella deseaba más fue cuidadoso, no quería cometer ninguna imprudencia. Sintió miedo de hacerle cualquier insinuación que los volviera a separar, como la última vez. Ella también sabía lo que él deseaba y ella se moría por entregárselo. Mientras la canción repicaba en sus oídos, Heber pensó que no era necesario decir nada, la canción hablaba por él. Parecía que todo estaba perfectamente planeado, que hasta lo que pasaba alrededor se convertía en cómplices de ellos. La música, el ambiente, el encuentro en el avión, todo coordinaba con lo que sentían, con sus deseos de estar juntos. El destino les invitaba a compartir un secreto y los ojos de Heber le rogaban lo que decía la canción.

>Te propongo
>Sandro
>
>Yo no te propongo
>ni el sol ni las estrellas
>
>Te propongo
>un amanecer cualquiera
>aferrada de mi brazo
>compartiendo una quimera;
>te propongo simplemente
>que me quieras,

Después de cenar caminaron un poco. Estaba apenas comenzando él invierno. La tarde estaba fresca pero aún se sentía agradable al caminar. Caminaban tomados de la mano como si hubiesen sido novios toda una vida. En ese momento no importaba quienes eran. En ese momento eran dos seres que el destino había juntado y que descubrieron el amor real. El amor que no tiene conciencia, el que no piensa en la consecuencia, el amor que solo es y basta.

Ya tenían un rato caminando, no se habían dado cuenta de lo retirado que estaban del estacionamiento. Ninguno de los dos quería que aquella tarde terminara. Sus manos entrelazadas, sus respiraciones al mismo compas, los hacia desear más de su compañía era como si uno le perteneciera al otro. De repente se empieza a nublar el cielo. Trataron de retroceder para buscar el auto, pero la lluvia se hiso fuerte. Heber trato de detener un taxi, ya estaban empapados. Mair sintió frio, él le abrazaba, ella se sentía protegida. Se detuvo un taxi, el dio una dirección que Mair no conocía, pero le restó importancia estaba con el hombre que amaba y eso era lo que importaba, no sabía de ayer ni de mañana, solo se dejaba llevar viviendo el momento. Estaba desarmada, rendida había luchado contra todo, había evitado cualquier encuentro con Heber, no quería causar daño. Se sintió atrapada, el amor la había vencido.

Mair y Heber estaban allí, donde siempre habían deseado. Solos, entre cuatro calladas paredes, que también serían cómplices de su secreto y de su amor. Volvieron a guardar silencio, y solo se escuchaban sus respiraciones. Estaban frente a frente ha ese destino del cual tanto habían tratado de huir. A unos pasos uno del otro. Se tocaban sin tocarse, se sentían conectados. Él se acercó a ella, tomo su rostro en sus manos. Ella lo miro apasionada. Ni ella misma podía creer que estaba allí, a minutos de entregarse al hombre de quien verdaderamente estaba enamorada. Del hombre que ella sospechaba el destino había elegido para hacerle burlas. Del hombre con quien había soñado tantas veces y sabía que tenía dueña. De sus ojos cayo una lagrima, estaba visiblemente emocionada, agitada. Heber le sonrió, y le seco suavemente la lágrima con sus dedos y sin dejar de mirarla; puso un beso en sus ojos y la volvió a mirar, "No llores Mair, mi amor, y esta noche quiero que olvides todo. Quiero que esta noche sea solo para los dos. Quiero sentir hasta el último rincón de tu cuerpo." Ella cerró sus ojos, solo para oír su voz. Su voz, su presencia y su cercanía la estremecían.

Heber desvestía su cuerpo, mientras decía "Quiero tu boca." La besaba, se le acercaba más y un poquito más. Seguía diciendo "Quiero besar tu cuello desnudo, quiero sentirte, me muero por tenerte Mair." Ella sintió que no podía más, sus pechos se agitaban más y más, se levantaban con su agitada respiración. Heber con una suavidad exagerada, la despojaba de su ropa. Cuando ya no le quedaba una pieza que cubriera su cuerpo, la tomo en sus brazos, la llevo al cuarto y la postro en la cama. Observaba su cuerpo desnudo, mientras se despojaba de su camisa. A Mair le fascinaba lo que estaba mirando. Él se iba acercando por el lado opuesto de la cama. Le tomo los pies en sus manos, los acariciaba como si buscara sutilmente sanar heridas. Le besaba sus dedos, curando, aliviando, disfrutando. Extendía su mirada hacia Mair, quería ver cuánto ella estaba disfrutando lo que él le hacía. Le tomo sus piernas, las acariciaba las besaba, le rosaba su lengua suavemente, Mair se contorsionaba, estaba excitada, sus deseos ardían dentro de ella. De su boca salía un gemido suave, casi asustado. Era demasiado lo que estaba sintiendo. Heber ya se sentía su dueño. Y ella se lo permitía. Le acariciaba todo su cuerpo, con sus manos, con su boca, con sus dedos, con su varonil mirada encendida. Logro llegar hasta las rodillas de Mair, por un momento Mair pensó que no resistiría tanta pasión. Él puso su boca en lo más íntimo de Mair, miraba a Mair, mientras lamia la fruta prohibida. Mair lo miraba, gozaba cada ínstate, cada movimiento que Heber hacía con su boca. Mair solo acariciaba los cabellos de Heber, al mismo tiempo que daba gritos de placer y éxtasis. Su mente, su cuerpo, su alma no podían resistir más, solo dijo, "Me tienes." Y vio como Heber bebía del néctar de su cuerpo. El seguía gozándose el cuerpo de Mair. Le brindo sus labios, "Dame tu boca, para callar tus gritos." Mair estaba extasiada, le brindo su boca. Se enlazaron en un profundo beso, sus cuerpos se movían al compás del otro. Se mordían suavemente, se enredaban en el juego del amor. En un instante Mair acaricio la espalda de Heber, sintió una cicatriz. Entre la pasión desmedida, entre las caricias ardientes de Heber, pudo reaccionar. Solo pudo decir, "Heber, Eres tú, definitivamente eres tú, lo sabía algo me decía que eras tú, te amo, te necesito en mi vida, quiero que seas mío, solo mío." Mair levanto sus tan formadas piernas, las amaro en la cintura de Heber, mientras lo apretaba contra ella "Siénteme" dijo Mair "Te siento." Contesto él "Tu eres yo y yo soy tu." Ambos continuaban moviendo sus cuerpos al mismo compa, como en el vaivén de hamaca, se sentían en el aire, agarrados uno al otro y sin miedo a caer, porque sus abrazos eran fuertes. Por un momento eso y en otros, Mair se sentía debajo de un frondoso árbol de mango, como los que había en su pueblo, recibiendo la brisa cálida de un atardecer y alimentándose de ellos, saboreándolos. Eran muchas sensaciones juntas. Era un tiempo solo para dos, "Te quiero en mi vida." Dijo Mair, Heber podía sentir la agitada respiración de Mair que le susurraba al oído, como cantaros de lluvia fresca cayendo en el suelo. Mair le besaba suavemente mientras hablaba. De la forma que salieron esas palabras de los labios de Mair, revolcaron por dentro a Heber, lo perturbaron, lo extasiaron, lo rindieron, alcanzó a decir un callado "Siii" y quedo rendido encima del desnudo cuerpo de Mair, quien también estaba extasiada.

Hacía tiempo Mair sentía que de una forma u otra Heber había estado en su vida, sin ambos haberse dado cuenta. Mair daba por hecho que el destino, se había burlado de ellos. Que en ciertas ocasiones, les acercaba y al mismo tiempo los alejaba. Que estaba escrito que algún día se conocerían, que estaba escrito que algún día se Amarían. Afuera aún continuaba lloviendo.

La lluvia aún continuaba afuera. Heber y Mair estaban tan extasiados que abrazándose uno al otro quedaron dormidos. Él fue el primero en despertar. Sintió una gran emoción al ver a Mair dormida a su lado. Observaba su placido sueño y pensó en las veces que había deseado tenerla. Miro a su alrededor y recordó que el vestido de Mair aún estaba mojado. Se levantó muy delicadamente de la cama, no la quiso despertar. Se fue a la ducha. Mientras se duchaba tarareaba una canción. Mair

abrió los ojos y miro su desnudes. Sintió vergüenza y cubrió
su cuerpo. Cerro sus ojos no sabría cómo mirar a Heber
nuevamente después de lo que paso entre ellos. Se imagino a
Heber bañándose, imagino el agua de la ducha cayendo en su
varonil cuerpo. Le llego a la mente la cicatriz en el hombro
de Heber. Se volvió a estremecer. "No, no puede ser tanta
coincidencia, tiene que ser el mismo que me entrego la pelota
de Samuel cuando era niño, el que me recogió el clavel del
suelo cuando por primera vez visite la feria con Frank, con
el que yo torpemente tropecé a mi espalda el día que fui a
comprar las flores de la mama de Frank, si tiene que ser él,
no puede ser de otra forma, lo he sabido desde el día que lo
vi frente a frente, lo he sabido siempre él es mi destino, él fue
mi ayer, es mi hoy y será mi futuro." Mientras tanto Heber
seguía tarareando la canción que al final termino cantando.
Mair le gustaba el tono de su voz cuando hablaba, pero más
quedo impresionada al escuchar su voz al cantar. Era algo
sobre natural lo que estaba experimentado Mair. Cerraba
los ojos y buscaba en su pasado como rebuscando en un baúl
viejo, quería recordar todos aquellos momentos donde Heber
había estado cerca de ella. Se volvió a quedar dormida con
su cabeza llena de aquellos Roces del destino, en los que
podía asegurar había estado Heber. Mientras tanto Heber
continuaba entonando aquella melodía, que se esparcía por
todo aquel cuarto.

Penumbras
Sandro

La noche se perdió en tu pelo
La luna se aferró a tu piel
Y el mar se sintió celoso

Te quiero y ya nada importa
La vida lo ha dictado así

Si quieres, yo te doy el mundo
Pero no me pidas que no te ame así
Que no te ame así

Heber salió del cuarto de baño sigilosamente, no quería despertar a Mair. Tendría que salir, necesitaba obsequiar a Mair con algo de ropa, la suya estaba mojada. Sabia que si Mair se despertaba no se lo permitiría, era una mujer independiente y no le iba a gustar que el se sintiera obligado a tales detalles. Busco entre su ropa que ponerse, se roció con la colonia que enloquecía a Mair, cada vez que lo sentía cerca. La vio como dormía plácidamente. La miro hermosa. No pudo contenerse, estaba radiante. Sintió deseos de besarla, de acariciar su cuerpo aun desnudo. Le pareció escuchar la vieja canción de Braulio, aquella que decía "Pero que tentación que ganas de volverla a amar" y sintió igual como decía la canción, sintió que su cuerpo se volvía a excitar, sintió deseos de volver hacerla suya. No, no podía hacerlo sería poca delicadeza de parte de él. No la quería maltratar, era delicada como una flor. Sintió que la amaba mas que nada en el mundo. Se marcho del cuarto.

Que tentación

Acabamos de hacer el amor
y ya la deseo...

Ay que tentación,
que ganas de
volverla amar...

no me muevo por no desgarrar
lo que vive en sus sueños,
ya tiempo habrá…

Cuando Heber regreso ya Mair se había metido a dar una ducha. Heber aprovecho el momento para poner el vestido, un clavel y una nota que leía "Te invito a que bailemos." Cuando Mair salió del baño, no podía contener la emoción, sonreía al ver el detalle de Heber. Desde que Frank y ella se habían divorciado no había recibido un bonito detalle de algún hombre. Estaba feliz, había conocido el amor verdadero y su significado. Desde aquel momento le dio la razón a su tía, ella no había conocido al verdadero amor hasta ese preciso momento en que se entrego a Heber. Qué pensaría su tía si la viera en ese momento. Estaba segura de que no hubiese parado de hablar y de reír. Tomo el traje en sus manos y danzaba con el aferrado a ella daba vueltas como si estuviera bailando su vals a los quince años.

Una pieza de música el saco de su ensueño. Vistió su cuerpo con el hermoso traje que él le había comprado. Se sorprendió al ver que le quedaba a su medida. Camino hacia donde estaba Heber. Miró alrededor, él estaba allí, mirándola nuevamente con su mirada enloquecedora. Noto que en la mesa había champagne, un ramo de claveles, comida japonesa, y el tarareaba una nueva canción. "No sabía que cantaras tan bien." Heber sonrió, diciendo "Ah, Mair que torpe fui, no sabía que había sido yo quien te había despertado." "No Heber al contrario deberías regalarme otra canción." Se le acercó y el la tomo de la cintura, y al compás de la canción bailaban, mientras él le cantaba al oído la canción que sonaba a fondo en la habitación. Ella se dejaba llevar por los pasos de Heber. Cerraba los ojos, como no queriendo despertar de aquel hermoso sueño. Se perdía en la melodiosa voz de Heber. Tenía razón, Heber era un aficionado del canto. Desde pequeño deleitaba a los amigos y familiares que llegaban a su casa a visitar. Entre la canción y los besos suaves que le daba Heber, se volvió a encender la llama de la pasión y volvieron a hacer el amor. Allí mismo rodando por la alfombra, entre los almohadones que decoraban él piso. Se volvieron a entregar al amor que destilaba de ellos. No era para menos llevaban tiempo acumulando deseos en silencio.

Como solo testigos, las paredes y aquella canción que continuaba sonando de fondo…

Paris Ante Ti (Sandro)

Renovado esplendor
Esta noche hay en ti
Qué bonita que estás
Qué bien luces así…

Y los hombres envidian mi suerte
Lo común se transforma ante mí
Orgulloso te llevo del brazo
Y París se arrodilla ante ti…

Mair y Heber se gozaban, se sentían, pareciese que se metieran uno dentro del otro nuevamente. No entendían porque no se habían conocido antes estando tan cerca. Sara, la hermana de Heber era su compañera en la universidad, o sea que no habían estado tan ajenos a verse frente a frente. Ese amor se había gestado antes de conocerse, antes de hablarse, antes de haber nacido. Mair y Heber estaban hechos el uno para el otro, aunque las circunstancias los separaran. El destino los unía y también los separaba.

Cuando terminaron de amarse, quedaron enfrascados en un abrazo que deseaban que nunca terminara y en silencio. Sabían que tenían que separarse, sabían que allá fuera de ese cuarto les esperaba esa realidad, que los perturbaba. Heber estaba casado. Fue Mair quien rompió el silencio. "Heber, no te voy a preguntar que va a pasar con nosotros después de hoy, no quiero que te sientas obligado a nada, quiero que sepas que entiendo, que esto es solo un sueño del cual tenemos que despertar." "Mair no te quiero perder, te quiero mía Mair mía, te necesito mía disfrutarte, amarte, contemplarte, saberte cada día a mi lado." Heber suspiró profundamente, y continúo "¿Porque tuvo que ser así? Mair." Mair se mantuvo en silencio ella también se había hecho esa pregunta una y mil veces antes de llegar a una intimidad como la que hacían horas estaba teniendo con Heber.

Mair miro su reloj, eran las 11:00 de la noche. Se levantó rápidamente diciendo, "Heber mira la hora que es, no puedo creerlo, mi hermano tiene que estar preocupado, tendré que marcharme." "No, no te vallas, quédate aquí conmigo." Mair sonrió "Heber, mi Heber, no valdría la pena, tarde o temprano tenemos que enfrentar ese mundo allá afuera, esto fue un gotero de felicidad que la vida nos dio, nuestra verdad, nuestra realidad esta allá, en ese mundo exterior que nos rodea." Heber también se levantó. "Si Mair, tienes toda la razón, no tengo el derecho de pedirte nada, tú no te mereces la posición de amante." Mair busco en sus cosas, vio los espejuelos rotos, tomo una mitad en sus manos y la volvió a guardar.

"Heber pienso regresar a Puerto Rico, ya no vale la pena seguir huyendo." "Entiendo" respondió Heber. "¿Cuándo seria tu regreso?" Ella lo miro pícaramente, pensando en su casual encuentro en el avión. "Lo más pronto posible, en este fin de semana." Heber le siguió después de sus palabras, "No Mair, no pienses que te voy a hostigar, yo por mi parte tendré que estar aquí por tres semanas aproximadamente." Lo miro tristemente a los ojos "Por favor ten piedad de mí, ten piedad de este amor que ha nacido en tiempo equivocado, a tu regreso por favor no me busques." "Pero Mair, como crees que pueda evitarlo, si te has convertido en mi otra mitad, como puedo borrarte de mí ser." "Tenemos que hacerlo Heber, tenemos que poder, por nosotros, por ella, no se merece que estemos amándonos a escondidas, me siento como un ladrón tomando lo que no es suyo." "Te entiendo Mair créeme que te entiendo, nadie más que yo para saberlo, si yo mismo me siento como el ser más miserable de la tierra, pero que hago con esto que se ha despertado en mí, oh ¿Es que acaso aun no has comprendido que es más fuerte que nosotros mismos? ¿No entiendes que lo que nos ata el uno al otro, va más allá que nuestra vergüenza y nuestra razón?" Heber no podía dejar de hablar "Yo no te busque, tu no me buscaste y estabas allí, en aquel avión que no nos daba ninguna escapatoria. No Mair, esto no puede ser coincidencia, este es nuestro destino." Mair no encontró más que decir no tenía más que objetar solo añadió, "¿Entonces dejémoselo al destino?" "No me busque Heber, sabes bien que no tendría la fuerza para negarme a estar contigo, no me llames por favor entiéndeme, aunque me muriese por estar contigo de nuevo, no deberíamos intentarlo otra vez, tú lo sabes y yo lo sé."

Mair ya no disimulaba su tristeza, ella se conocía muy bien y sabía que iba a pasar. Posiblemente esa sería la primera y última vez que estaría con Heber. Ella no estaba dispuesta a convertirse en la amante de un hombre casado. No era su intención, nunca lo fue, no era lo justo para ninguna de las tres partes. Fue a tomar otro baño lo dejo pensativo en la sala donde hacia un rato se amaban intensamente. Cuando regreso ya lista para salir por la puerta, volvió a tomar la mitad de los espejuelos que antes había sacado de la cartera y dijo al mirarlo cabizbajo: "Heber no estés triste, la vida es así de complicada a veces." Se sentó frente a él, le tomo su mano y mirándole a los ojos dijo "Toma, guarda esto como un recuerdo de lo que paso esta noche entre nosotros, no te voy a obligar a nada repito; sé que eres un hombre casado, y no te voy a pedir nada de lo que no puedas dar, sé que un divorcio es muy triste, pero tampoco yo estoy dispuesta a convertirme en tu amante." Heber la volvió a abrasar, ella respondió a su abrazo, volvieron a sellar sus labios con un prolongado beso.

Ambos sintieron miedo de que ese fuera su último beso. El beso que sellaría el comienzo y el fin de un amor prohibido. No podían negar que, aunque la entrega no fue por puro capricho o por puro deseo de ser infieles, más bien fue llevado por ese amor que los envolvía, aun así, se sentían culpables. Heber no le había sido infiel a Ivana en todos esos años. Mair no había salido con ningún hombre después de su divorcio de Frank, y mucho menos le había faltado al honor a quien fue su esposo por tanto años. Si, especialmente Heber sentía un sentimiento agridulce, estaba feliz de haberla poseído, pero sabía que no estaba siendo honesto con Ivana ni con el mismo. Recordó las palabras de Simón cuando le aconsejo que fuera sincero con Ivana. Se sintió como un cobarde al no llenarse de valor en aquel tiempo, donde aún estaba a tiempo de no caer en una infidelidad. Mair por su parte, no quería llegar a eso que había pasado entre ellos, sabía que si pasaba no lo iba poder olvidar jamás. Mas el destino los estaba acechando, se había empecinado en robarle la tranquilidad y lo había logrado. Después de aquel día no sería la misma o mejor ya hacía tiempo que no lo era. Por muchos meses peleaba con ese sentimiento que había nacido en ella y Heber.

Tomo de nuevo su cartera y camino hacia la puerta, él dijo con voz entre cortada "Permíteme llamarte un taxi, y por favor déjame al menos llevarte a la salida." "No Heber, no me lo hagas más doloroso." Llegando a la puerta miro hacia atrás, cuantos deseos tenía de quedarse allí con aquel hombre, aferrarse a él, olvidarse del que dirán de la gente, de las reglas de la sociedad. Corrió hacia Heber, quien le esperaba con los brazos abierto. Se aferró a su cuello, se besaban y lloraban juntos. Heber se le ocurrió una traviesa idea y dijo "Si Mair, respetare tu decisión y te prometo que no te voy a buscar más, pero por favor ten esta llave guárdala porque retaremos al destino, y si es el destino el culpable de todo esto, él nos volverá a unir de nuevo, allí en ese lugar." Le entrego una llave y una dirección.

No podía negarse a ella misma que le emociono la idea de Heber, de retar el destino, dijo con una vaga esperanza. "Si Heber, tomare tu llave, y así como tú has tomado la mitad de mis espejuelos. Así como tu retas el destino yo también lo reto, si has de ser mío, iré a ese lugar y tu habrás decidido tu destino, no seré yo quien te ponga a elegir, tu eres quien debes, yo no tengo ningún derecho, yo solo esperare pacientemente por esa mitad de espejuelos que te acabo de entregar. Esa será la señal de que estaba de que nos volviéramos a ver y esa vez será para siempre, ahora déjame marcharme antes de que se haga más tarde."

Y fue así como Heber y Mair le habían dejado todo al destino, no pelearían más con él. Heber no estaba en la obligación de divorciarse de Ivana, no era preciso. Mair ya estaba convencida de que el destino los unió y si estaba de que sus vidas se uniesen el mismo destino haría todo por unirnos nuevamente sin ataduras y sin remordimientos. La suerte estaba hechada.

Mair regreso a Puerto Rico antes de lo esperado, esta vez decidió no llamar a Samuel. Sabía que le tomaría por sorpresa su tan pronto regreso. Samuel no hubiese parado de interrogarle, y ella no tendría respuestas a sus preguntas o al menos no estaba lista para dárselas a él. Las razones sobraban, pero ella y solo ella se quedaría con aquel secreto que solo compartía con Heber. Ni siquiera a su tía se lo compartiría. Lo que había pasado entre Heber y ella era muy personal, era demasiado delicado para exponerlo. Su encuentro y su noche de idilio con Heber sería un secreto que ni tan solo con la almohada lo habría de compartir. No podía poner en tela de juicio el respeto, la dignidad y la fidelidad que le debía Heber a su esposa.

Ya había pasado un mes desde su encuentro con Heber. Tan pronto regreso a la Isla, se reintegró a su trabajo. A la semana de haber regresado llamo a Samuel y le indico que ya estaba de vuelta en Puerto Rico. Tal como se lo imagino, no había pregunta que Samuel no le hiciera. Ella le daba una contestación simple a todas sus preguntas. A su tía Urbina no pudo engañarla, no se conformó con las incontables escusas que Mair ponía para haber viajado antes de lo planeado. No aceptaba cualquier simple motivo sabía que había más en sus palabras cuando hablaban por teléfono. Ese "todo fue un cambio de planes tía" que contestaba Mair no le fue suficiente. Tal vez para Samuel, muchacho inexperto que acostumbraba a cambiar de planes sin motivos, fue visto como algo normal. Mas a su tía, no, no era fácil engañarla. La tía Urbina la invito a casa y Mair no se negó. Más estaba decidida a mantener el secreto y no habría tía que le hiciera hablar.

Así mismo fue, llego a casa de la tía, presta a no decir nada. La señora Urbina estaba lista para el interrogatorio a su amada sobrina Mair. Podía jurar que en ese regreso había más que un cambio de planes. "Déjame ver esos ojos, has llorado mucho, ¿Verdad?" "No tía ¿Qué razones tendría yo para llorar?" "Todas, hija." Mair la miro, disimulando su tristeza, tapándose casi la boca imaginariamente, para no decir nada, para no romper a llorar encima de su tía. Mair pudo mantener la calma, más la tía no callaba, "¿Supiste que Heber regreso del viaje?" Ella dio un brinco, no sabía si de emoción o porque se vio descubierta. "Heber, ¿Que regreso?" después velozmente quiso disimular su asombro y dijo instantáneamente, "¿Acaso estaba de viaje?" Su tía reía y sarcásticamente le contestaba con otra pregunta, "¿Acaso tú no sabías que él estaba de viaje igual que tú?" "No, no tía estoy ajena a todo eso." "¿Sabes que tía? ahora que recuerdo, debo regresar tengo algo urgente que hacer." Tomo su cartera, le dio un beso a su tía y se marchó. La tía Urbina solo decía su ya tan acostumbrado dicho "Ay estos jóvenes no escuchan a los viejos." No hacía falta hablar más nada, su sobrina estaba viviendo nuevas emociones. Estaba teniendo una nueva experiencia de amor... El verdadero amor.

Ya había pasado tres meses desde aquella vez en que Mair y Heber se habían entregado al amor. Heber según le prometió a Mair no la volvió a llamar. Un mil de veces se sintió un cobarde por no tener el valor de hablar con Ivana y exponerle sus sentimientos. Aunque se moría de ganas de verla, salir corriendo y buscarla, prefirió sacrificar lo que sentía, su deber y su culpabilidad por lo que le había pasado a Ivana a raíz del accidente podía más que el amor. Aunque su felicidad estaba al lado de Mair, no podía ser egoísta.

Hablaba cada vez más con Simón sobre su amor por Mair, aunque igual que Mair, guardo en secreto lo que había pasado entre Mair y el, en su viaje fuera de Puerto Rico. Tenía que ser cuidadoso, debía cuidar la reputación de Mair, la de Ivana y hasta la de el en igual manera. No quería caer en la categoría de un hombre infiel e Ivana en la de una mujer engañada por su marido y más aún ponerle un título que Mair no merecía delante de la sociedad, el de "amante". Tenía confianza con Simón pero aun así no quiso compartirlo, le pareció que sería faltarle el respeto a Mair.

Mair por su parte continuaba con su trabajo y apoyando a Samuel en su galería. También se moría por ver a Heber, sabía que ese día se acercaba pues Samuel estaba organizando una exposición en su galería y estaba segura que allí vería a Heber. Su corazón brincaba de la emoción. En esos tres meses había llorado, deseaba verlo, sentirlo, olerle, hablarle, también ella supo contenerse. Sabía que solo bastaría una llamada para que Heber y ella estuvieran en algún cuarto de un hotel, entregándose a la pasión, pero eso no era lo que ella quería. Mair lo quería para ella, no lo quería compartir con nadie. Si no era así prefería renunciar a él. Estaba clara y firme que si algún día se volviesen a juntar seria cuando Heber fuese un hombre libre. Libre de amarla como ambos se lo merecían sin miedos, sin escondrijos y sin culpas.

Siete de marzo, plena primavera y Samuel esta eufórico con su exposición de arte. Había invitado a todos sus amigos y como ya sospechaba Mair, entre ellos estaba Sara, Simón, su hijo y demás esta mencionar, Heber. Solo estaban la tía Urbina y los padres de Mair. Aun no había llegado nadie, y Mair trataba de tranquilizar a Samuel. Ella trataba de tranquilizarlo a él pero muy dentro de ella sabía que la que necesitaba tranquilizarse era ella. Estaba muy ansiosa aunque sabía disimularlo muy bien. Volvería a verlo, escuchar su varonil voz que la enloquecía y ver su mirada que la envolvía en su embrujo. Estaría muy cerca de lo que nunca había olvidado.

La puerta se abrió a las 6:00 de la tarde, para los invitados y el público. Mair lucía un hermoso vestido primaveral, era corto de color anaranjado. Lucia todo su esplendor femenino ese día, el solo hecho de saber que en cualquier momento Heber entraría por aquella puerta ponía un color rosado en sus mejillas. Le daba la bienvenida a los primeros invitados, cuando apareció Sara, muy elegantemente vestida. Detrás le sequia Simón y su hijo Kevin. Mair sintió un frio que le corrió por el cuerpo. Penso que ya estaba cerca de ver a Heber. Más no vio señales de Heber. Samuel fue hacia ellos, les dio la bienvenida y las gracias por haber asistido. Mair sintió tristeza al no verlo llegar. Mas su tristeza no duro mucho en unos instantes estaba Heber al lado de ellos. "Excúsenme el atraso olvide el celular." Le volvió el alma al cuerpo a Mair. Saludo a todos y depositando un tibio beso en la mejilla de Mair dijo "Que hermosa estas Mair." No, no pudo callarlo, Mair estaba radiante. Sara le secundo como para tapar la imprudencia "Si Mair, no has cambiado en nada, cada día luces mejor." Ella por su parte elogio la belleza de Sara también.

La exposición estaba siendo un éxito. Había un lleno total. Samuel estaba muy feliz. Mair caminaba por toda la galería. Hablaba con todos los invitados. Su risa era contagiosa. Heber la miraba a distancia. Estaba pendiente a cada uno de sus movimientos. Notaba como revoloteaba el ruedo de su vestido entre sus piernas cuando caminaba. Sus pasos eran firmes, segura de sí misma. Parecía que en vez de caminar danzaba por toda la galería. De vez en cuando le regalaba una mirada. Coqueteaba con sus manos al señalar los cuadros de su hijo el artista. Llego a sentir celos, al ver cuando Mair besaba algún recién llegado. Pensó salir corriendo de allí, para no cometer la imprudencia de decirle como se estaba muriendo de ganas de hacer el amor con ella. De gritarles a todos cuanto la estaba amando. Deseaba que el mundo se paralizara por un instante y que solo quedasen ellos, para besarse, con suavidad, morder sus labios que lo llamaban cada vez que ella lo miraba, abrasarla y sentirla suya como en aquella primera y única vez.

Heber sintió enloquecer. No resistió mas la distancia que Mair estaba poniendo entre los dos, no había hablado con él desde que llegaron. Aprovecho en un minuto que no tenía a nadie cerca de ella. Miraba uno de los cuadros de Samuel. "Hermoso cuadro, ¿No es así?" Al escuchar que era Heber, su cuerpo se balanceo, cerró y abrió los ojos dejando escapar un callado suspiro y contesto de inmediato "Si, muy hermoso, mi hijo es muy talentoso." Heber mantenía una distancia no quería ser delatado. No quería que Mair se sintiera acosada. "¿Cómo has estado Mair?" "Viviendo y esperando." El cambio la mirada, sabia a lo que ella se refería. Mair esperaba por él, esperaría toda una vida si fuese preciso. Más no quería ser la manzana de la discordia. Solo ponía distancia, sin exigencias ni condiciones, su amor no era negociable. Solo esperaba en que si había de ser seria, sin trampas y sin ultimátum.

Su amor era un juego de azar, donde ambos sabían muy bien las reglas. Ellos se habían rendido al juego de la vida. El destino los puso en esa posición, ya ambos lo tenían claro. No habían provocado nada, vino a ellos solo. No había mucho que decir, ni que explicar, se amaban pero uno de los dos no era libre. Lo entendieron lo aceptaron, aunque morían el uno por el otro. Ahora solo quedaba esperar. Ellos sabían dónde tenían que llegar para saber si era verdad que era cosa del destino.

Ya Heber había ido varias veces, mas no la encontró. Mair por igual, también había ido a la dirección que Heber le había entregado. Ambos deseaban tanto amarse, que ya habían ido varias veces a la dirección que Heber le dio en aquel día, pero no coincidieron. Era parte del plan que si Heber ya era libre se encontrarían, de lo contrario jamás se habrían de juntar. Era su secreto, era el pacto que ambos hicieron aquel día cuando Heber le entrego la llave. Ese secreto que cuidaban hasta de ellos mismos, ese tan cuidado secreto que ni tan siquiera se lo mencionaron a ellos mismos en el día de la exposición.

Iba Heber a decirle lo importante que era ella para él, cuando se le acercó un caballero, alto y muy elegante. Se acercó tanto a Mair que Heber sintió rabia. El hombre le pidió disculpa por la interrupción, Mair lucia sorprendida y Heber lo noto. Sintió deseos de sacarla por un brazo de aquel lugar y no compartirla con nadie, estaba celoso. Mair habría logrado lo que nunca nadie había logrado en él; sentir celos, rabia e impotencia. Sintió un deseo inmenso de hacer el amor con ella y que ella se entregara como solo ella sabia hacerlo. "Buenas tarde Mair, perdona la tardanza como siempre muy ocupado, pero igual que siempre aquí apoyando a nuestro hijo." Era Frank que nunca dejo de apoyar a sus hijos, siempre llegaba tarde a cualquier evento, pero jamás dejaba de asistir. Mair solo sonrió y devolvió el beso que le daba Frank, diciendo "Pierde cuidado, Frank ya te conocemos." Continuo sin parar, sin querer encontró una manera de despistarse de las intenciones de Heber, "Conoce a Heber un amigo de la familia." Esa fría y muy calculada introducción le pareció un puñal a Heber. No eran amigos y ella lo sabía muy bien, se amaban.

Frank extendió su mano para saludarle, y con un natural "Mucho gusto Heber, gracias por apoyar a mi hijo." Heber no titubeó le extendió su mano de igual manera. Se pudo haber sentido aliviado al saber que era el padre de Samuel del cual Mair ya estaba divorciada. Mas no fue así, era un intruso que llego a perturbar los pocos segundos en cercanía con Mair. Se disculpo y se retiró. Se le acercó a Sara, quien noto su cara de disgusto. "¿Estas bien Heber?" Echándole el brazo a su hermana "Claro, que si hermanita, estoy muy bien." Jamás iba a dar a entender lo que le pasaba, aunque el mundo entero se lo sospechara. Miró hacia donde estaba Mair, quien pareciese que lo ignoraba completamente.

Oh, cuanto estaba sufriendo en silencio Heber, por ese distanciamiento que debía existir entre Mair y el. Se desprecio el mismo, odio a Ivana, detesto todo lo que estaba a su alrededor. No quería nada más que a esa mujer que estaba a unos pasos de él. Esa mujer que amo solo una noche y como agua entre los dedos se le escapó de sus manos. No lo resistía, no era justo, y ella parecía que coqueteaba con la situación y eso lo volvía más loco. No podía resistir más, camino hacia la puerta de la salida, Simón que había salido, logro verlo, trato de llamar su atención "¿Heber a dónde vas?" Solo levanto su mano en señal de un adiós y prosiguió su camino a su auto.

No le dijo nada a nadie ni tan siquiera se despidió de Sara. Podría ser descortés de su parte, pero no podía estar allí mirando a Mair paseándose por aquel salón incitando sus ganas de tenerla. Se monto en su auto, puso un poco de música como para dispersar su mente, mas no fue así, la canción que sonaba en la radio lo complicaba todo, parecía que todo se había puesto de acuerdo para martirizarlo.

Quiero perderme contigo
José José

Me da coraje verte
igual que un simple amigo
y hablar de lo preciso
delante de la gente…

Me pongo como un loco
y se me va la vida
al ver que te acarician
delante de mis ojos…

Que, equivocado estaba Heber, que lejos de la verdad estaba. Mair ya había estado una y otra vez en el lugar de su pautada cita. Mair también al igual que el rabiaba por dentro cada vez que iba a su cita y no se encontraba con su amado Heber. El hombre que el destino que le puso en su camino y no lo podía amar como deseaba. Ella también hubiese salido de allí corriendo detrás de él, cuando lo vio salir por la puerta. Si, Mair lo vio salir huir, como ella también lo hubiese hecho si no fuera por su compromiso con Samuel. Se tuvo que contener para no reprocharle el no haberse liberado de aquel compromiso que solo él era único que podía desatar. Estaba amarado en un manejo de culpabilidad y remordimiento.

Sentimientos que ella sentía que le robaban ese derecho a tenerlo. Ella también sufría al saber que otra era quien le acariciaba, que lo sentía, quien dormía a su lado todas las noches. Si, Mair resentía su cobardía. Mair también quería olvidar aquella noche que parecía no volvería jamás, fue un sueño y solo con eso se tendría que conformar. El destino se había burlado de ella.

Los meses pasaban, Mair y Heber no se habían visto desde aquella vez. Heber usaba cualquier excusa para ir a la galería. Llegaba a visitar a Sara improvisadamente con toda la intención de tan siquiera verla. Mas no hubo forma de volverla a ver. Mair estaba decidida a que el destino hiciera su parte. Estaba desesperado por verla. Mair le había robado su tranquilidad. Se había convertido en su razón de vivir. Ivana se dio cuenta que algo le pasaba. El, a pesar de que su matrimonio había sido más por obligación que por amor mismo, siempre fue muy cariñoso y nunca dejo de entender los deseos pasionales de Ivana.

Pero hacia un tiempo ese deseo de complacerla y esas ganas habían desaparecido. Si, cumplía con Ivana, pero ella pudo sentir su frialdad, su fuego apagado. En muchas ocasiones le gano la tristeza después de hacerle el amor a Ivana. La tristeza de no poder amar a la mujer que su cuerpo y su mente deseaban. Ivana lo sintió, lo intuyo algo le pasaba a Heber.

Era ya tarde en la noche, más aun así busco una excusa para salir de la casa. Sentía que el deseo de ver a Mair le estaban quemando por dentro. Recordó aquella noche cuando Mair se le entregaba. Pudo escuchar la voz de Mair dentro de él. Su cuerpo deseaba el de aquella mujer que se le entrego con pasión desenfrenada. Se sintió culpable por haberle mentido a Ivana, pero su deseo pudo mas que el mismo. Tenia que ir a alimentar aquel gran secreto, que compartía con Mair. Tenía que ir a beber de aquel cuerpo, el cual lo mantenía sediento. Tenía que correr a los brazos de Mair.

Salió de prisa, Ivana lo miraba por la ventana. Se le veía que llevaba prisa, como si se le hiciera tarde llegar algún lugar desconocido, donde tenía alguna cita. Heber le puso el pie al acelerador. Sus manos temblaban en el volante. Llego a la dirección que le había entregado a Mair. Subió las escaleras de dos en dos, no sabia si era pura intuición, pero por un momento pensó que encontraría a Mair dentro de la casa esperándolo y lista para entregársele nuevamente, una y otra vez como aquella vez.

No, no, Mair no estaba en la casa. Otra vez encontró la casa vacía como muchas veces había ocurrido. Tomo una copa de vino. Se sentó en el sofá, después de poner el primer disco compacto que encontró. Nunca había llorado por mujer alguna y ahora estaba allí sintiéndose mas solo que nunca. Miraba alrededor, la imaginaba caminando hacia él. Pensó que se iba a volver loco, salió apresurado al barcón de la casa, apretó los barrotes del barcón y solo de el salió un grito desesperado, un grito desgarrador que solo tenía un nombre "Maiiiir, ¿Dónde estás? Maiiiir" Se dejo caer al piso.

Lloro y lloro, Si, los hombres también lloran. Su vida se había convertido en un dilema. Entre lo que sentía por Mair y el deber que lo ataba a Ivana. Le habían robado el existir. No tenia el valor para confesarle a Ivana que se había enamorado. No tenia el valor de decirle que vivía sin amor, pues su amor se lo había robado una mujer que no era ella. Que no fue a propósito, que fue el destino. Que no sabía si tenía derecho o no a sentir lo que sentía, pero estaba ahí, arrastrándole, haciéndole un desgraciado. Mientras tanto la música continuaba dentro de la casa vacía.

Amor Amor
José José

Donde está el amor
Alguien lo ha encontrado...

Amor, amor
si me escuchas y me puedes ver
no me cierres tu guarida
llena un poco de mi vida...

Cuando volverá
puede que no vuelva...

Un año ya pasaba después de que Heber había salido de la casa en busca de Mair a la dirección aquella. Mair ya había perdido toda esperanza. No había nada porque esperar lo que nunca habría de llegar. Mair salió de su casa decidida a entregarlo todo. No quería seguir alimentando un sentimiento que lejos de placer le había hecho sentir todo el sufrimiento que nunca había sufrido, aun cuando se divorció de Frank. No, bastaba de esperar, se rindió, aquella fue una noche de aventura que nunca debió haber sucedido y así la debía de recordar. No había culpables, solo el recuerdo de un momento fugaz. Una ilusión que llegaría hasta ese día.

Estaba dispuesta a cerrar ese capitulo que nunca debió de empezar a escribir. Heber aun estaba atado, y viviría en cautiverio en un pasado que no le permitiría ser libre para amarla. Mair iba tan encerrada en sus pensamientos que no noto que la puerta estaba abierta. Sin darse cuenta ya estaba frente a la mesa, allí dejaba la mitad de aquellos espejuelos rotos, que eran el símbolo de que se volverían a ver. Los dejo sin mirar hacia atrás, no quería ver como el destino se burlaba de ella. Allí dejaba su esperanza de volver amar… Su esperanza de volver a sentir el gozo de hacer el amor… El placer de sentirse en brazos de Heber, como tantas veces lo imaginaba. Como tantas veces pudo jurar que era el hombre de su destino.

Al doblar la esquina de la casa, sintió deseos de mirar por
el espejo retrovisor, para ver como se alejaba del amor, más
sintió miedo. Era mentira ella sabía que no quería olvidarlo.
Necesitaba a Heber a su lado en su vida. Ya se había alejado,
sus lágrimas no le permitían ver bien el camino. Se paro por
un momento a buscar un pañuelo para secar sus lágrimas,
y una leve intuición le hiso sentir deseos de regresar. Algo
muy dentro de ella le decía que no podía renunciar a Heber.
"¡Cobarde! ¿Qué me has hecho?" Le pareció escucharlo
decir "Todo" Hiso un dobles en U para regresar a atrás, y
con los ojos aun llenos de lágrimas, no podía parar de llorar.
Decidió buscar la mitad de los espejuelos, siguió hablándose
a sí misma, "Si Mair lo esperarías toda una vida."

Corrió hacia la casa como queriéndole ganar al tiempo.
Como si temiera no encontrarlos allí, como si se le fuese
a ir la vida si no la encontraba. Se tiro en el sofá a llorar,
no podía entender lo que le pasaba, no lo había entendido
nunca. Su llanto la ahogaba. Tenia un mil de preguntas,
que ningunas tenían respuestas. No las tenían, llevaba ya
casi dos años buscando respuestas a todo lo que le estaba
pasando con aquel hombre y no había respuestas solo un
nombre…Heber.

De repente como por arte de magia escuchaba un silbido
que entonaba una canción. Un silbido como antes lo había
escuchado, luego se convirtió en melodía. Se levanto de un
salto del sofá, corrió hacia la mesa donde había dejado la
mitad de los espejuelos. Allí estaban las dos mitades, debajo
un documento dentro de un sobre. Tomo el sobre abrió
nerviosa y rápidamente. Era el documento que demostraba la
libertad de Heber. Corrió hacia el baño en busca de su amado.
Allí estaba Heber esperándola, ansiándola, para comérsela a
besos, se metió al baño, lloraban, se besaban, Heber le volvía
a cantar al oído, la despoja de la ropa nuevamente, pieza por

pieza hasta dejar su cuerpo desnudo. Allí estaban, gozándose
y esta vez para siempre.

> Si el destino nos vuelve a juntar
>   Diango

> Recordando me puse a soñar
> Con lo que hemos vivido
> Sin quererlo me puse a llorar
> Al saber que te has ido…

> Si el destino nos vuelve
> A juntar te prometo bien mío
> Que mi vida te voy
> A entregar como tanto lo ansío…

Si, allí estaban Heber y Mair como lo habían deseado,
como lo habían esperado. No presionaron su derecho de
amarse. No se empecinaron, no segaron sus ojos ante el
amor que sentían. No construyeron su felicidad acuesta
del sufrimiento de otros. No fueron egoístas, más bien se
sacrificaron y con paciencia lograron esperar hasta que el
destino los juntara de nuevo. Sin imposiciones, sin culpas y
sin mentiras.

La noche en que Heber salió de la casa a su regreso Ivana lo
esperaba. Tranquila, serena sin reclamos, le pidió que hablaran.
Heber estaba un poco tomado, le pedía perdón. Parecía que
había llegado decidido a conversar con Ivana sobre lo que estaba
sintiendo por Mair. Ivana solo contesto "No tengo nada que
perdonarte, veo que sufres por mi culpa, creo que soy yo la que
debo pedirte perdón, he obrado injustamente y te he condenado
por años a pagar una condena, un castigo a mi lado." Heber la
miro, le quiso tapar la boca, ella no lo dejo mas bien le tapo
la boca a él diciendo "Esta noche te libero de esas cadenas de

amargura que te ataban a mí, Heber hoy te regalo tu libertad, no tienes que hacer nada ya yo llame a mi abogado." Heber no encontró que decir, no tenía que agregar. Ivana le estaba liberando de cualquier atadura que le prohibiera estar con Mair. No lo creyó justo para Ivana. No era eso lo que buscaba, no quería sacrificar a Ivana para él ser feliz con la mujer que amaba. Le pedía perdon una y otra vez. Ella continuaba hablando "Se que vas a estar preocupado por mí, pero ya yo lo he decidido, me iré a España después del divorcio; mi madre ira conmigo, ella te ama mucho y esta feliz con mi decisión, sabe que será lo mejor para ambos, siempre pensó que el condenado no eras solo tú, yo también me condene a mí misma."

Y fue así, que Heber logro su libertad. Había triunfado el Amor. Porque el amor no se obliga. El amor no se hostiga. El amor no es una noche de placer solamente.

El amor es travieso y hasta puede llegar a ser demente. A veces nos confunde y nos envuelve en su locura. Otras veces lo que creemos no es... Es solo un espejismo de lo que deseamos muy dentro de nosotros. A veces lo que creemos amor es solo una hermosa amistad. Otras muchas veces lo que creemos amor es solo desco carnal. A veces lo que creemos amor es solo una costumbre. El amor no es una lucha que se vence, el amor no pelea. Al amor no lo escogemos nosotros, él nos escoge a nosotros.

¡Ah! El amor, el amor es otra cosa como decía la tía Urbina
El amor… no se busca…Llega solo
El amor no se obliga…Fluye
El amor… No muere…Vive
El amor no duerme…Vibra
El amor…Es
"No son cosas del destino…Son cosas del Amor"

El círculo de esperar y de incertidumbre, de Mair y Heber se cerraba en aquel encuentro. El amor había triunfado.

Mientras tanto en otro lugar no lejos de allí, estaba la tía Urbina regando su bello jardín. Escucho que se acercaba un auto, se puso la mano en la frente para cubrir sus ojos de los rayos del sol de esa tarde. Giraba la cabeza de un lado para otro, como para distinguir al conductor, pensó que era Samuel que vino a visitarla. Reconoció que no era Samuel, era un aparente desconocido. Soltó la manguera de agua que tenía en las manos rociando las plantas, dispuesta a acercarse al chico; pero en ese momento salió apresuradamente Natalia, con rostro de alegría por la puerta principal. Hacia unos meses había regresado de los estados unidos y se había mudado a casa de la tía, como lo había hecho Mair hacían muchos años atrás. La nostalgia de estar tan lejos de sus seres querido la invadió. Fue por eso, por lo que pensó, que era mejor terminar sus estudios en su bella isla de Puerto Rico y estudiar en el mismo recinto universitario donde habían estudiado sus padres. "Es para mi tía Urbina, es el hermano de mi mejor amiga, que me ha invitado al cine esta tarde." Le pone un beso en la mejilla a la señora Urbina y al mismo tiempo le susurro al oído, como quien comparte un secreto, "Vamos a ver si por fin me ha salido novio." Le dio la espalda y camino rápidamente hacia el auto que la esperaba. A la tía Urbina le dio tiempo para decirle antes de que llegara cerca del auto donde estaba el personaje que le esperaba: "Compara tu respiración con la de él, si respiran al mismo compa, entonces ese es." Natalia que sabia toda la historia de la tía y el papel de conciencia que solía tomar, le dijo sonriendo, "No, tía no, a mi no por favor." La tía recoge la manga que había puesto en el piso y dice con voz más suave que como lo hacía antes, "Ay esta nueva generación de jóvenes, tampoco quieren escuchar a los viejos."

Fin...